U0080779

飛小說。
We Love
Easyfly.

少女騎士の
戀人與回憶未滿

彼方・蘭薩特

薔薇帝國學院的儲君之一。蘭薩特家族的獨子。超出人類極限的自戀，有事沒事就會炫耀一下自己的美貌。傲嬌。喜歡捉弄夏憐歌。跟十秋朔月是青梅竹馬，對他很好。

夏憐歌

薔薇帝國學院的儲君之一——彼方・蘭薩特座下的騎士。意志和適應力都如雜草般強韌。怕麻煩，不喜歡暴露於人前，可是一旦碰到在意的事情就會不由自主的追根究柢。兄控，一談到哥哥夏招夜，辨別能力會迅速下降。吐槽役。

圖柏斯大王子

六百年前圖柏斯國的王子，維朵爾公主的戀人。其繼母為了奪位將之殺害，並將王子的死亡嫁禍給維朵爾，挑起兩國間的戰爭。

維朵爾

六百年前賽爾雅緹國的公主，圖柏斯王子的戀人。死後靈魂被囚禁於島上的鐘塔之內。

The Threnody and the Juvenile whose time is freeze.

哀歌與時間停止的少年

The Threnody and the Juvenile whose time is freeze.

The Threnody and the Juvenile whose time is freeze.

Episode Five
哀歌與時間停止的少年

00 楔子

A Preamble

靠近歐洲大陸西北部海岸，隔著北海、多佛爾海峽和英吉利海峽，與歐洲大陸相望的島國，被稱為新英倫，建立在主要領土外海、但仍屬於新英倫領土的群島——奧克尼群島上的貴族都市是全球最大的學院，被稱為「新英倫上的亞特蘭提斯」。

它的建校歷史已經長達一百零七年，一直以來只接受貴族或者擁有優良基因的混血兒在此定居。不過，近年來也開始批准業績卓越的普通人——如技術高端的科技人員或經濟實力強大的企業家申請移民，以及允許擁有成為此等優秀人才潛力的普通學生入讀。其學院規模之龐大與優越的科技設施可媲美一個首級大城市，並且有自己完善的經濟體系，因此這所學院也被稱為The Empire of Rose。

這就是有幸通過高難度入學考試的我將要入讀的超級貴族學校——薔薇帝國學院。

01 解約✢迎新會✢遠古的鐘聲

看著他這副樣子就覺得不對勁，夏憐歌心下驟然一緊問道：「什麼事？」

蘭薩特抬起頭來，說：「關於解除契約的事。妳和我的，支配者與騎士的契約，我要解除了……」

沒等他說完，夏憐歌怒紅了一雙眼睛質問：「你什麼意思？！當初，是誰說會幫我找出殺死哥哥的凶手的？是誰說無論如何都會將事情弄明白，會永遠陪在我身邊的……？」

✢ The Bell-Ring from Immemory. ✢

夏憐歌從哥哥的事情中稍微恢復過來，已經是半個月後的事了。

渾渾噩噩的過了期末考，她忽然覺得什麼事情都無所謂了，甚至就算現在因為成績低下被退學都沒關係。

暑假她也不打算回家，就順便幫莫西處理一些雜事，偶爾到事務廳跑跑。蘭薩特和十秋兩人仍然有一搭沒一搭的聊著無關緊要的話，平靜得波瀾不驚，該依舊的還是依舊如常。自己仍是隻身待在這所學院，哥哥依舊不在身邊，好似往日發生的許多事，都只是她做了一個很長的夢一般。

……如果這真的只是一場夢，那該多好？

夏憐歌吸吸鼻子。縱使已到了炎炎夏日，但每當哥哥的死訊再次浮現在腦海裡時，她便覺得自己彷彿還睡在那個深不見底的大海裡，被那深水的異樣壓力縛得難受。

好不容易才緩過神來，夏憐歌扶著牆壁搖了搖頭。明明已經振作起來了啊……她不能

再一次消沉下去了，造成這一切的凶手還等著她揪出來呢！

這樣想著，夏憐歌咬了咬牙，攥緊拳頭踱步至事務廳前，正要敲門的時候，卻突然聽見蘭薩特和十秋兩人正壓低了聲音在裡面說著什麼。

「你打算就這麼跟她說……？」十秋的聲音聽起來帶了一點詫異。

蘭薩特沒好氣的瞥了他一眼，倒在沙發上悶悶的道：「不然要怎麼樣？」

「……你不說清楚的話，我怕她會亂想。」真難得，十秋這傢伙居然也會關心他人。

蘭薩特這邊卻沒了動靜。

心裡不知為何突然湧現了不好的預感，夏憐歌就那樣站在門口滯了許久，才伸出手，叩了叩門走進去。

兩個人一聽到敲門聲，都抬起頭看向她。夏憐歌狐疑的看了蘭薩特一眼，結果那傢伙就跟老鼠看見貓似的，目光一縮，直起身端著杯子別開頭去啜茶。

……什麼態度啊，有夠讓人火大的。

夏憐歌皺起眉頭，氣勢洶洶的走過去，將裝課本的包包往旁邊一放，啪的一聲坐在蘭薩特對面，死死的瞪著他。

氣氛一下子變得古怪起來。蘭薩特低頭擱下杯子假咳了一聲後，道：「來得正好，我正想叫人去喊妳過來。」

十秋將糖罐子遞給他，蘭薩特順手就舀了兩勺糖倒進紅茶裡攪拌起來，卻不抬頭看夏憐歌一眼。

看著他這副樣子就覺得不對勁，夏憐歌心下驟然一緊問道：「什麼事？」

蘭薩特攪拌紅茶的手頓了一下，過了好一會兒，才像是下定了什麼決心般，將那把銀花茶匙放下，抬起頭來，說：「關於解除契約的事。」

聲音不輕也不重，夏憐歌卻被他說得一恍神，彷彿聽到了什麼不可思議的事情般。她

愣了好久，才呆呆的反問了句：「什麼契約……？」

「妳和我的，支配者與騎士的契約，我要解除了……」

沒等他說完，夏憐歌整個人就像被踩到尾巴的貓一樣騰的站了起來，桌子也一下子被她推了開來。夏憐歌怒紅了一雙眼睛質問：「你什麼意思？！」

蘭薩特終於正視她盛滿了怒火的雙眼，柚木綠色的瞳眸像一汪安靜又沉默的湖水，看不到任何的感情。他張開了口冷冷道：「意思就是，我沒能好好履行支配者的承諾，所以契約解除，以後妳不再是我的騎士，我的命令妳也不須聽從。」

「你……！」

心臟深處彷彿忽然冒出了一大堆長著尖刺的藤蔓，把夏憐歌全身的血管緊緊縛住，她感覺自己的眼眶裡燒起了一陣灼人的溫熱，竭盡全力才勉強壓住了顫抖的聲音。

「當初，是誰說會幫我找出殺死哥哥的凶手的？是誰說無論如何都會將事情弄明白，是誰說會……」

是誰說，會永遠陪在我身邊的……？

夏憐歌攢緊了拳頭，像墮入了深不見底的冰窖般渾身發冷。

「是，關於這些允諾，我會依約履行到底。」蘭薩特又不著痕跡的移開了目光，表情無波無瀾。「但當初妳請求於我而定下的騎士契約，是我無法履行在先，現在我要求解除。至於授予妳的薔薇釦，我在這裡正式向妳收回來。」

「……你到底怎麼了，蘭薩特？」夏憐歌還不死心，抬起手拭去眼角溢出的水珠。她定定的看著他，似乎想從他的眼眸中找出哪怕一絲一毫的端倪來。

蘭薩特低身，從桌下取出一個平薄的盒子打開，裡面是三頁雪白的契約和一個銀印，平平整整的放在那裡。

看到這裡，夏憐歌心裡僅抱存的一絲希望也破滅了。

蘭薩特並不是在玩笑。

他是認真的。

但是為什麼?之前無論蘭薩特再怎麼抱怨她沒用都好，也不曾提及過解除契約的事，可偏偏在她最需要依靠的時候，他卻……

夏憐歌差點把嘴唇咬破，她勉強讓自己冷靜下來，漏出嘴唇的聲音卻還是止不住的輕顫：「是因為……我弄丟了『波塞冬』的緣故嗎，蘭薩特閣下?」

其實她早該明白的，那對於蘭薩特來說是多麼重要的東西，蘭薩特將它贈予自己，而自己卻沒有能力將它保護好。在寶石被人奪走的那一刻，她連稍微掙扎一下的力氣都沒有。

她甚至……沒能讓天光與他心心念念的人魚見上最後一面。

如此弱小的自己，會被人嫌棄也是應該的。

可就算說她不自量力也好，說她厚顏無恥也罷，她也不想就這樣離開蘭薩特身邊啊！

夏憐歌大概是第一次對蘭薩特露出如此低聲下氣的姿態，她微垂下腦袋，無助得像隻面對獵犬的兔子，請求道：「對不起，蘭薩特閣下，我知道我說多少次對不起都沒用，但是、但是你至少讓我做出補償啊！不要這樣子就……」

蘭薩特頓了幾秒，開口打斷她的話：「那不關妳的事，夏憐歌。」他輕輕嘆了一聲，解釋道：「明明曾經是屬於我的東西，我卻沒有意識到它已經衍生出『靈』來，並因此成為了黑騎士聯盟的目標……我甚至都沒有認出天光就是『波塞冬』的『靈』。」

說到這，他不由自主的苦笑了下，「所以，要說到丟失『波塞冬』這件事的話，我們都有責任，並不是妳一個人的錯。」

「既然這樣，那你為什麼還……」

蘭薩特並沒有因為「波塞冬」而怪罪她，夏憐歌似乎又隱隱的看到了一絲希望，然而

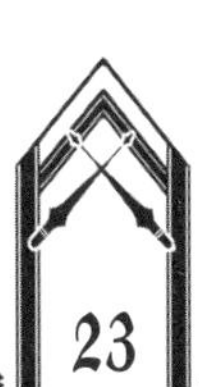

這希望並沒有持續多久，便被蘭薩特的舉動打破了。

他恢復了剛才那毫無起伏的表情，伸手拿出銀印來，毫不留情的蓋在了批核文件上，而後將那裝著三張契約的文件盒遞給她。「妳不是一直很想擺脫這個狀況嗎？這是當初妳成為騎士時簽成的契約，現在還給妳。」

夏憐歌沒有去接，只覺得渾身冰涼，就這麼死死的盯著那三張契約。

蘭薩特也不收回來，又往她那邊遞去幾分，勸說道：「拿著吧，我的騎士，從今以後，妳就自由了。」

好像還完全接受不了眼前的事實，夏憐歌又抬起眼眸看他，眼裡的卑微慢慢轉換為不解與忿然，越發氤氳的水氣彷彿漣漪般在她眼底慢慢漾開。

蘭薩特微微的斂起了眉，又立刻迅速的擺出一副無所謂的姿態。

兩人就這麼對峙似的看著彼此。過了好半晌，夏憐歌才劈手搶過他手中的契約，像是要揉碎了似的拚命往口袋裡塞，然後猛地抄起一旁的背包，氣急敗壞的掏出一個銀色的精緻鈕釦，甩手就往薩特擲了過來。

蘭薩特俐落的往旁邊一側身，揚手接住了，他低下眼輕輕的說了一聲：「謝謝。」之後將薔薇釦捏在手裡把玩了一陣，又傾過身一聲不吭的去端茶杯。

哈哈哈，原來他們之間的所謂承諾，不過一紙契約。

喉嚨彷彿被從心臟延伸而出的鐵鏈栓住，痛得連一絲空氣都容納不下。夏憐歌卻忍不住低低的笑出了聲，眼淚決堤似的蔓延過臉頰。

她想起以前蘭薩特為了救她，曾經擋在她面前被愛麗絲砍過一刀；為了奮不顧身跑去追逐吸血鬼的她的安全，他連身上止不住血的傷都不顧；自己被人推入海裡時，他像是瘋了一樣慌亂的命令她不能死。

然而現在，在自己最需要人陪伴的時候，蘭薩特不要她了。

以前發生過的所有一切，簡直就像難堪的謊言一樣惹人發笑。

「……既然這樣，我也不會再求你做任何事了，蘭薩特閣下。」

夏憐歌把臉上的淚水擦乾，抬起臉來安靜的看著蘭薩特，簡直就好像這是自己所能看見他的最後一眼，要把他的全部深深的鐫刻在記憶中一般——

然後她收起了所有表情，拿起背包掛在肩上，禮貌而疏遠的向蘭薩特鞠了一躬，抬起步伐轉身就走。

彷彿他們只是一對沒有任何關係的陌生人。

再見了，蘭薩特閣下。

聽見她的腳步聲漸漸的遠了，蘭薩特一直緊緊握住的手一顫，整個人像是被抽空了力氣一樣往沙發上癱了過去，垂下眼瞼，如釋重負的長嘆了一聲。

十秋轉到他隔壁坐下，看著他落魄的模樣搖了搖頭：「你這又何必，弄得兩人都不愉快。」

「我不能再讓她摻和進來了，上次的事差點害死她。」蘭薩特闔眼躺在沙發上，手指描畫著扶手上雕刻的繁雜紋路。

十秋看了他一眼，突然又笑了起來：「彼方，你是不是對夏憐歌有什麼感情了？」

蘭薩特的指尖停了一下，口氣冷淡的反問：「我能對自己的騎士有什麼感情？」

十秋靠過去偎著他身邊而坐，理著他散在肩上的金髮，說道：「你這樣做，是怕她繼續涉入黑騎士聯盟的事會有性命之憂吧？上次她在燈塔落水差點死掉，你送她回來時緊張的樣子，你自己沒看見……」

蘭薩特卻忽然按住十秋落在自己肩上的手，神色出現幾許少見的倉皇：「朔月，你知道嗎？她告訴我，想殺她的人說『早知道她跟夏招夜一樣麻煩的話，應該一開始就除掉』。」

十秋怔然看著他，問道：「那人這樣說了？」

「對……」蘭薩特緩緩坐起身子來。「黑騎士聯盟一定有什麼不可告人的秘密，說不定就是因為這麼一個秘密，當年的夏招夜才會被殺，所以往後的事，不能再讓她繼續涉入，只能由我替她追查下去。」

「那你打算怎麼辦？」十秋扶了扶眼鏡，右眼裡綠光縈繞。

蘭薩特搖了搖頭，眸色暗下了幾分。「不知道，總之走一步算一步吧。」

十秋便不再說話了。

◇　◇　◇

夏憐歌隔天就領著契約到殿騎士聯盟辦理了手續，恢復了普通生的身分。資料確定，委託銷毀，更換身分徽章，所有事項都迅速辦妥了。正準備走的時候，夏憐歌在聖殿騎士正堂撞見了正跟一群人說著什麼的蒲賽里德。

一看見夏憐歌，蒲賽里德就招招手讓他們先散了，逕自走過來打招呼：「嘿，小羊羔，真難得在這裡見到妳。」

「……我來辦理註銷騎士身分手續的。」猶豫了很久，夏憐歌才勉強露出笑容，揚了揚手中的檔案袋。

「喲……」蒲賽里德輕佻的勾起了嘴角問道：「蘭薩特閣下不要妳了？」

一句話像高速飛行的子彈一樣猛地打進夏憐歌的身體深處，她感覺腦袋嗡的一聲響，整個人呆在那裡，臉色陰沉的抿著脣。

看到這情形，知道戳到夏憐歌痛處的蒲賽里德急忙賠起笑臉，拍了拍她的肩膀，安慰

道：「我想蘭薩特閣下也是有自己的苦衷的。」

夏憐歌還沒回話，這人的愧疚又瞬間化成輕薄的口吻，伸手往她下頷一挑，「不過沒關係，妳想要人領妳的話隨時來找我，嗯？」

夏憐歌渾身的雞皮疙瘩都冒了出來，一巴掌就拍掉了他的鹹豬手。「你這個萬年發情死變態！適可而止吧！」

「哎呀哎呀，怎麼變得跟莫西一樣可愛了？」蒲賽里德無賴的笑了起來。

夏憐歌忍無可忍的朝他咆哮：「滾！」

尾音還在迴盪，蒲賽里德便伸出左手安慰似的摸了摸她的頭。「好啦好啦，跟妳開玩笑的。這個還妳。」說著，他把右手伸到夏憐歌眼前，一反手，竟變戲法似的拿出一個騎士專用的校徽。

夏憐歌愕然的盯著他，對方卻只是笑了笑，捉起她的手就將東西按在她掌中。

「閣下吩咐過，雖然夏憐歌的騎士身分取消、恢復普通生身分，但允許保留她的一切騎士權利。換句話說，妳不需要搬出現在住的地方，所有作為儲君騎士時的待遇，也都不會撤銷。」

「這……這怎麼可以……」夏憐歌捏著手中的徽章，似乎還沒反應過來的佇在原地，心裡卻是說不出的激動。不是因為不用愁降級後的生活和學院待遇問題，而是那個人居然還是替她著想了。

蒲賽里德看著她又驚又喜的表情就覺得好笑：「閣下吩咐的，就算是不好，妳也得收了。」

「……等等！」像是突然想到了什麼，夏憐歌頓了一下，然後問道：「閣下，是哪個閣下？」

沒想她會這樣問，蒲賽里德突然像做了什麼虧心事一樣僵住了神色，看著她堅定的眼神，好半晌才低低的嘆了口氣，輕聲道：「十秋閣下。」

剛才那種高昂的情緒一下就掉了下來，眼眶又開始莫名其妙的發熱，夏憐歌重重的攥著那徽章，似要把它捏碎了一般。

「總之，就這樣吧，別想太多了。」蒲賽里德放低了聲音，伸手拍在夏憐歌肩上，勸說道：「我覺得蘭薩特閣下撤銷妳的騎士身分，原因絕對不是因為妳臉長得實在不怎麼樣又蠢到人神共憤，畢竟他都忍耐了這麼久，不會突然的……」

「夠了！你可以閉嘴了混蛋！」夏憐歌本來還在抑鬱，結果被蒲賽里德激得火氣一竄，什麼鬼情緒全都燒得一乾二淨。

這種往死裡踐踏人自尊的安慰到底是想怎樣啦！

見她剎那龍精虎猛了起來，蒲賽里德笑著舉手做了個投降的手勢，又調侃了夏憐歌幾句後，就說是聯盟還有要事得趕去，匆匆的跟夏憐歌道別了。

◇　◇　◇

恢復普通生身分後，夏憐歌整個暑假都在幫莫西策劃留校學生活動，要不然就是去學生會打打雜，等她意識到應該讓自己去玩玩放鬆一下的時候，假期都已經快結束了。看著開學的日期，夏憐歌還在心裡懊悔的感嘆：怎麼什麼都沒做，暑假就已經完了呢……

這樣想著的時候，夏憐歌手裡正拿著蒲賽里德之前還回來的騎士徽章，銀色的鏤空雕刻鑲嵌著紅色薔薇花，在日光下異常耀眼奪目，卻看得她心中一黯。

是啊，什麼都沒做，就已經完了……說起來已經多久沒見蘭薩特了？有一個月了吧？因為她已經不再是儲君的騎士，也就沒有理由出入事務廳了。

這學院說大確實大得嚇人，一個月下來居然也沒正面碰到過。

偶爾路過住宅區會聽見有人說，看啊，是儲君的車子。夏憐歌就會跟別的女生一樣，停在路邊看，似乎期待能見到什麼，但是誰也沒見著，車子就已經駛遠了。她看著日光下揚起的長長塵煙，感覺心中一陣悵然若失。

不久前在學生會打雜時，她聽旁邊的女生說，蘭薩特閣下招納了新的騎士，也是個女生呢，不曉得叫什麼名字。夏憐歌停下堆疊文件的動作豎了耳朵聽，那邊女生的眼光卻瞟到她這邊來，尷尬的朝夏憐歌笑笑，忌諱的把聲音壓低了下去。

夏憐歌覺得沒趣，在分類檔案的同時卻開始心不在焉起來。

原來那人要新騎士……

是怎麼樣的一個人呢？一定長得讓他很滿意吧，聰明伶俐不在話下，應該也比自己更溫柔體貼……事情有太多的說不定，好像所有東西都超出自己的預期了。

夏憐歌呆呆的看著手中的檔案，說不出來的惆悵感油然而生。

再過兩天就是新學期了。

又是開學典禮，又是迎新會，除了莫西和蒲賽里德，連兩位儲君都為籌備這些事宜忙得不可開交，結果無所事事的夏憐歌就被美少年輔導員莫西拖著一起去迎接新生。夏憐歌也不好拒絕，草草收拾了一下換洗的衣服就跟去了。

學院發出的郵輪有兩艘，是分別以周邊島嶼命名的「蘭斯迪爾號」和「圖柏號」，夏憐歌入學的時候坐的是「蘭斯迪爾號」，如今登船，竟覺得有點觸景生情。

莫西正跟幾個負責迎新的人指揮著運輸隊伍送食物上來。蘭斯迪爾號是排水量足有十噸的豪華郵輪，從啟程到返程預計需要三日半，加上這三日裡郵輪上也會舉行各種迎新活動，所以所要供應的食物和消耗品數目相當龐大。

夏憐歌被派到甲板查看物品剩餘存放位置，剛繞過泳池，就聽見有個熟悉的聲音在說話：「傍晚必須起航，帕蘭特斯使節團的事就暫時別管了，妳派人通知朔月，讓他儘快過來。」

她驟然整個人愣住，轉頭就看到從旋轉樓梯走下來的蘭薩特。日光正好落在他肩上，人一如既往的眉目昂揚。她心中頓時亂成一團，不知是走好還是不走好，目光卻已經落在蘭薩特身上移不開了。

「好的，閣下，我立刻就去。」

跟在他身後穿著騎士服的女生輕輕應了一句，也隨著蘭薩特的步伐輕輕盈盈的走下來，長髮仔仔細細的束在身後，看起來是個清秀又乖巧的女孩子。

蘭薩特也低低應了一聲，一抬頭，卻猛地瞧見站在泳池旁邊一瞬不瞬看著自己的夏憐歌，霎時就停住了步伐。

夏憐歌看到他往這邊望過來時吃了一驚，急忙轉身就要跑，身後的蘭薩特卻忽然厲聲一喝：「夏憐歌——」

還沒等蘭薩特喊完，夏憐歌就覺得腳下一空，身體忽地往一邊傾了過去。她低下頭看著自己身下水光瑩瑩的泳池，還沒來得及在心底慘叫，整個人就已經伴隨著嘩啦嘩啦的水聲摔進了泳池裡。

「夏憐歌！」蘭薩特不顧一切的翻下旋轉樓梯跑過來，躍進水裡就朝夏憐歌游過去，片刻冒頭朝岸上的少女喊道：「紅棗！去叫人來！」

叫紅棗的女孩慌亂的應了一聲，正要往船艙去的時候，聽見響動的莫西已帶著人往這邊趕來了。

看見蘭薩特摟著滿身濕透縮成一團的夏憐歌上來，莫西趕緊解下外套走過去替她披上，語氣裡有掩不住的焦急：「閣下，這……」

夏憐歌被嚇得一口氣沒喘過來，水裡又冷得厲害，臉色當即一片煞白。

蘭薩特低頭看了她一眼，不著痕跡的鬆開摟著夏憐歌肩膀的手，若無其事的對莫西說：「她不小心跌進游泳池了，帶她去把衣服換了吧。」

她被蘭薩特那淡然的語氣冷得肩膀一抖，抿著脣不自覺的縮得更加厲害。

見狀的莫西急忙過來拉住夏憐歌的胳膊，勸說道：「走吧，夏憐歌，換個衣服，不然會著涼。」

夏憐歌卻覺得自己什麼聲音都聽不到了，她就這麼盯著蘭薩特看，記憶裡二人初次在蘭斯迪爾號上相遇的情景還歷歷在目，彷彿凝固了一般，深深的烙印在她的腦海裡。

那時的蘭薩特也是這樣站在這泳池旁俯瞰自己，金髮落肩，燦若驕陽，目似星辰。他故意垮下了整個表情，紆尊降貴一般朝自己伸出了手，微勾的脣角卻有著遮不住的驕傲與鋒芒。

那時他說，我的騎士，讓我聽妳的誓言吧——

我的騎士……

——My soul will always belong to you.

「閣下，請去換衣服吧，等一下還有開學典禮的籌備會要出席呢。」

飄遠了的思緒被甜美的女聲拉了回來，夏憐歌一抬頭，就看到紅棗走到蘭薩特身邊這麼說著。

蘭薩特低下了視線，垂頭應了一聲：「好。」

心裡頓時一顫，夏憐歌移開了目光，抹去臉上冰冷的水轉過頭去，也不再看他一眼，一聲不吭的跟著莫西走了。

蘭薩特看著她逐漸走遠的背影，心裡的幾分落寞無處拋卸，只能裝作不在意的低頭絞去袖口的水，對紅棗說：「走吧。」

日光傾城，他們的距離卻越拉越遠。

郵輪隔天就抵達新生接待處，返航也是順順利利。在學院舉行開學典禮的時候，夏憐歌看見蘭薩特和十秋比肩站在臺上，身後站著那位新收的騎士，心中那份似是而非的感覺越來越清晰。

她開始覺得自己曾經那麼幸運，站在他身邊和他一起度過了兩年時光，直至自己可以包容他的倨傲、任性和不可理喻，而現在那人已經變成了她觸手不可及的存在。

有一份感情或者兩人都明白，只是誰都不願意去捅破那層紙。

◇　◇　◇

這次迎新會倒是出乎意料的順利。派發學院宣傳單，指導新生，夏憐歌一副溫柔體貼

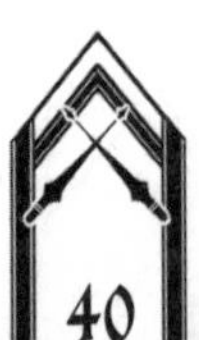

的學姐模樣跟在莫西身後忙了一整天。

兩人一起去餐廳裡吃晚飯時，莫西突然像是想起了什麼，一邊吃著哈密瓜口味的布丁一邊問夏憐歌：「說起來，晚上還有一個試膽大會呢，妳要不要過來幫忙？」

「嗯？是去幹什麼的？」夏憐歌露出了疑惑的表情。

莫西舉起雙手擺出了個嚇唬人的鬼臉，然後張牙舞爪的說：「扮鬼嚇人，嘿嘿……」

「……你看起來好像很興奮的樣子。」

「因為想著就覺得很好玩。」他哈哈笑了幾聲，就餵了趴在肩上的那捷爾一口布丁。

喂喂，這是老師該有的想法嗎？

不過……聽著是有點意思，反正這麼早回去也是睡覺。夏憐歌這麼想，裝出勉為其難的樣子點點頭答應：「那好吧，我也去。」

吃過晚餐後兩人就到活動禮堂領服裝，結果到達時，扮演鬼怪的人數已經足夠了，沒

有多餘的服裝給兩人更換。莫西還誇張的怪叫了一聲，滿臉盡是失望至極的表情，到最後也沒辦法，只好去做引路的工作，和夏憐歌兩人拿著螢光指示牌跟對講機就去場地了。

試膽大會的舉行場地，是在久原區和銀角區交界的一個小型花卉公園裡，四周幾乎都是島上還沒開發的森林保護區。雖然沒明文規定禁止進入，但學院學生一般都不會隨便到未開發區，故意選這種地方，確實能為活動增加點氛圍。

夏憐歌把工作人員的扣針別在肩上，看著公園入口處隆重的場景裝飾：一堆中古世紀的標槍騎兵整齊的排在旁邊，從破敗的鎧甲處露出慘敗的手骨和腐肉，血紅的液體從頭盔裡汩汩而流，加上閃光和聲音效果，還真有幾分嚇人。

夏憐歌接過活動的宣傳手冊來看，標題是《賽爾雅緹戰役的歸來》，裡面是這次試膽大會主題的介紹，說的是這個島上六百年前的兩個長年敵對國家——賽爾雅緹和圖柏斯之間的一場重大戰役。

六百年前的戰役……難不成就是幾年前，在那場所謂「幻想具現」事件裡重現的戰爭？

一想到這，夏憐歌的好奇心一下子被勾了起來，拿著宣傳手冊繼續看下去。

傳說這場戰役是由圖柏斯國發起，長達五年，耗資巨大，軍士死傷慘重，賽爾雅緹和圖柏斯兩國就是因這場戰役各自走向衰敗。但這麼一場慘烈的戰役，歷史上卻沒有任何關於它的記載，僅僅是在島上遺餘建築的石刻中提及過，也不知戰役起因為何，兩國衝突為何，因此「賽爾雅緹戰役」是有否真有發生過，至今仍存在爭議。

莫西看夏憐歌在那裡翻看宣傳手冊看得仔細，一臉自豪的走過來問道：「怎麼樣？是不是很有趣，這次是我策劃的！」

夏憐歌有些好笑的瞥了他一眼，問：「靈感是那次『幻想具現』事件？」

「啊，妳看出來了呀？」莫西似乎有點驚喜，和肩上的那捷爾一起高高的昂起了腦

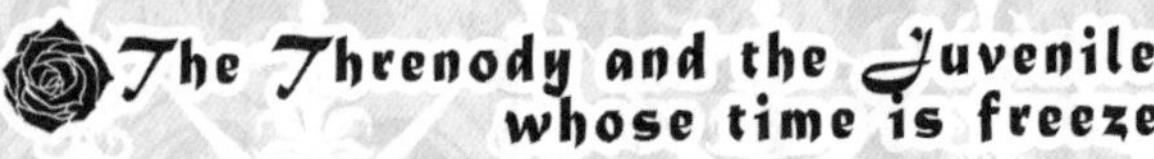

袋，一臉驕傲貌。「嘿嘿，反正新生們也不知道這件事嘛，我想順便普及一下也好。」

……這種事不普及也罷吧？

夏憐歌盯著那本宣傳手冊，半晌後又不解的指著裡面的幾行字問道：「既然這樣的話，為什麼這裡還寫著『這場戰役是否真有發生過至今仍存在爭議』呢，不是都已經重現過了嗎？」

「欸，但這也並不代表那場戰爭就是真的哦！」莫西豎起食指在她面前晃啊晃，示意她的推論不太正確。「因為那次事件本來就是別人幻想出來的嘛，他可以靠各式各樣的傳說來彌補細節啦。」

啊！

這麼說來，蘭薩特並沒有把「造成那次事件的原因有可能是『時空重疊』」這個猜測告訴別人呢。如果蘭薩特的猜想是正確的話，那就說明六百年前的這場「賽爾雅緹戰役」

是真真切切發生過的。可既然如此，為什麼歷史卻完全沒有關於這件事的記載？難道是發生了什麼令當時的君主難堪的事情嗎……

思緒完全亂成一團，夏憐歌不禁有些糾結的搖了搖頭，說起來究竟是「幻想具現」還是「時空重疊」也還沒有定論，她想這些有的沒的又有什麼用？況且這些事情本來就應該讓蘭薩特去煩惱，她一個連騎士都算不上的普通生……又能派上什麼用場？

想雖然是這樣子想，然而擁有可以殺死幾千隻貓的好奇心的夏憐歌，卻還是忍不住開口問道：「那個，我說莫西，你知不知道……呃，要怎麼做才能引發『時空重疊』啊？」

「幹嘛突然問這個？」不知從哪裡摸出一支哈密瓜棒棒糖塞在嘴裡的莫西古怪的看了她一眼，接著歪著腦袋思索起來。

「嗯……我也不太清楚，有足夠的ESP能量的話，應該可以吧……不過還是很難做到啦，我覺得這種事情是可遇不可求的。話說回來，妳還不如去問蘭薩特閣下呢，之前在他母親的結婚典禮上不是有過類似的節目嗎？那個真是超精彩的呀，蘭薩特伯母肯定是經過非常精准的計算才能弄出那種效果，我……」

結果莫西頓時像是被啟動了某種開關一樣喋喋不休起來，夏憐歌滿臉黑線的站在那裡，聽他就「時空重疊」這個話題絮絮叨叨了將近二十分鐘，到了最後莫西的思維都已經發散到平行宇宙和次元疊加去了，夏憐歌有些受不了的喊「停」，這時莫西才驀地一頓，一副恍然大悟的模樣看向夏憐歌，問：「等等……妳剛剛的意思是，那次事件有可能是由『時空重疊』引發的，而並非『幻想具現』？」

「……嗯。」是說你的反射弧是不是比正常人長很多啊，為什麼要等快半個鐘頭才反應過來啦。

「嗚哇！」莫西一下子跟尋到寶似的紅光滿面。「這麼說『賽爾雅緹戰役』就是真的囉？我就說了嘛！」

「不，你根本什麼都沒說，而且我也不確定這……」

可是莫西已經聽不見夏憐歌的話了，向來熱衷於各式各樣奇怪的傳說的美少年輔導員此時一臉興奮，將手往身後一伸，「刷」的一聲就抽出一本厚厚的本子來。

夏憐歌對於這個學院裡的人基本上都跟自備了百寶袋似的這件事已經見怪不怪了，只能「……」的看著他跟獻寶似的把本子遞到自己面前。

「既然那場戰役是真的發生過的話，那麼這島上所流傳的好一部分傳說就都有跡可循了！」莫西嘩啦啦的翻著那本厚本子。

湊在莫西身邊的夏憐歌有意無意的瞥了幾眼，發現上面滿滿的記錄著莫西用各種方式搜索而來的傳說和奇異事件，甚至還用紅的綠的筆在上面又標又畫的，弄得就跟在修改論文似的。最讓夏憐歌無語的是，她竟然還看見本子封皮上寫了一個大大的「②」！

夏憐歌不禁抽了抽嘴角，莫西究竟有多喜歡這些東西啊……做筆記不說，居然還能做

出系列來。

「看看這個，這是當時圖柏斯國出兵的原因的傳言。」莫西翻到其中一頁指給她看，邊說：「嗯，這上面說了，賽爾雅緹國的公主維朵爾是個蠱惑人心的魔女，因誘惑了圖柏斯國的王子而使得圖柏斯國王龍顏大怒，那場戰爭就是他為了殲滅敵國的魔女發動的。」

說著，莫西突然雙眼閃閃發光的看著夏憐歌：「魔女耶！超帥的不是嗎！」

「唔……但我覺得這個可信度不高啊，魔女什麼的……」夏憐歌撓了撓頭髮，有點困擾。她想起之前看到過的維朵爾公主的畫像，那樣沉靜又充滿了哀婉，怎麼也不像一個魔女的樣子。

莫西已經開啟了無視大法，繼續翻著本子自顧自的說著：「還有還有，這個說的是當年發動戰爭的其實並非圖柏斯的國王，而是王后，她為了搶奪帝位而殺了當時即將即位的王子，並意圖將鄰國賽爾雅緹也一起收入囊中。」

「嗯，這個聽起來倒比較可靠一點。」夏憐歌隨口敷衍了幾句感想。「說起來還不如把這兩個傳說結合起來呢。圖柏斯王后殺子奪位，為了推卸責任將兒子的死歸咎於賽爾雅緹國的公主，指責她是魔女並為此發動戰爭……之類的。」

說著，夏憐歌又一時興起的接著編了下去，「……結果王子其實並沒有死，後來他為了復仇回來顛覆了王朝。嗯，後半段是我胡亂捏造的你別當真。」

「對喔！」沒想到她的話卻讓莫西激動的叫了起來。「這樣的話王后既可以洗脫自己殺子的嫌疑，又可以為侵略他國擴張領土找到正當理由！真是一石二鳥啊！」

「……其實前面也是我捏造，莫西你別信……」

「還有啊！王子歸來這個！」進入狂熱mode的莫西又開始嘩啦嘩啦的翻著書頁，似乎在尋找什麼。「我以前也有看過類似的傳說！說是打敗賽爾雅緹國、昌盛一時的圖柏斯國，後來卻非常迅速的衰頹下去的原因，就是因為王子的亡魂回來報仇哦！現在聽妳這麼

說，也有可能王子根本就沒死嘛！這樣更有戲劇性不是嗎！」

「都說了我是開玩笑的……好啦，你要怎麼想隨便你。是說我們的話題為什麼會跳躍到這上面來啊……」夏憐歌已經有點無力了。

「說到圖柏斯的王子啊，其實也有個非常奇怪的地方喔！那就是無論是在史書抑或是遺跡上，都找不到——」

「夠了啦莫西！你還想說到什麼時候啊！」

「——完完全全的，找不到和那位王子有關的畫像。」

「拜託你快點把這個話題結束掉啦！」夏憐歌被煩得差點就想直接把耳朵蓋住，然而那一閃而過的字眼卻讓她驟然一頓，險些被莫西扼殺掉的好奇心霎時活了過來。「——欸，等等，你剛才說什麼？找不到王子的畫像？」

「是啊，妳都沒發現的嗎？」莫西狡黠的笑了笑，露出一副「就知道妳沒認真聽過課」的表情。「光說課本就好了，妳難道有在哪本歷史書上看過他的畫像嗎？」

「——呃。」夏憐歌一下子消音了，以前她都沒怎麼去注意，現在想想……她的確從來都沒有見過圖柏斯國王子的畫像，也不知道是她翻書不認真還是怎麼的，甚至連和王子有關的記載也是印象薄弱。

再怎麼說也是這島上僅有的兩國其中之一的王儲，連一張畫像都沒流傳下來，確實就有點詭異了。還是說那惡毒的王后也做了和秦始皇焚書坑儒一樣的舉動，為了避免後患，把和王子有關的資料全部銷毀了？

終於看到夏憐歌苦思冥想的表情，莫西頗有成就感的將本子合上，半晌過後又有些惋惜的撇下了雙眉道：「唉，早知道一開始就讓妳來當參謀了，如果我之前有想到這些的話，一定能制定出更好的試膽主題。」

……幹嘛要我來當參謀啊，這些傳說不是都被你記錄下來了嗎？你這筆記厚成這樣還

只是「②」而已呢，難道它只是個擺設？

夏憐歌面無表情的在心裡吐槽，也不想再去糾結那個不著邊際的王子，乾脆順著莫西的話把話題轉了開來：「話說這次試膽大會裡會出現什麼？全都是這些……」她嫌惡的看了看身旁那一排腐爛的騎兵裝飾。「這些東西嗎？」

「欸嘿。」莫西露出高深莫測的表情來，連肩上那捷爾的表情似乎也在一瞬間變得陰森了。他抬手直指老遠的地方，在蔥郁茂密的樹林裡，隱約有一角白色的尖頂。「妳看到那個了嗎？」

夏憐歌順著他的手勢望過去，一動不動的盯著看了好半晌，撫了撫下巴問：「看起來有點眼熟……那是什麼？」

「鐘樓呀，就是學院中央的那座。」

啊，原來是那個。

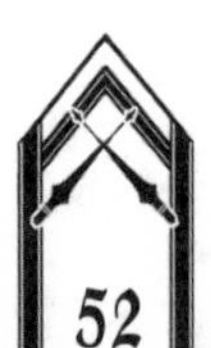

由於那鐘樓臨近學院中央，所以即使沒有刻意去注意，也不免會時常看到。不過，夏憐歌從來都沒有想過要走近些去觀察它，原因之一就是那座鐘樓的地理位置不容許她單獨前往，於是即使待在這學院裡近兩年了，她也只知道那座鐘樓是一座遠觀起來相當高大的建築。

不過這時再想想，便覺得有些奇怪了，這麼高大的鐘樓為什麼偏偏建在這種荒草叢生的地方呢？

身旁的莫西一臉詭異的靠了過來說道：「聽說那是六百年前，為了鎮壓身為魔女的維朵爾公主，和那場戰役的亡靈而建起來的。」

「六百年前?!」夏憐歌嚇了一跳，真看不出原來它還有那麼長一段歷史啊，不過這就更讓她不明白了，這種價值連城的古建築，不是更應該被好好的保護起來嗎？

「是啊。」莫西故意壓低了聲音，「所以參加這次試膽大會的人，扮演的就是不小心解開了鐘樓封印，而被那些禁錮了幾百年的嗜血亡魂追擊的角色……」

「……喔。」聽著還真是意料之外的無趣啊。

其實比起試膽大會的內容，夏憐歌現在想得更多的是「嗚啊這鐘樓擺在這裡真是暴殄天物啊！」、「要是能搬回家就好了！」、「浪費可恥！」、「有錢人可恥！」……

「……難道妳以為我只是在嚇唬妳嗎？」對夏憐歌那心不在焉的反應似乎非常不滿，莫西氣呼呼的瞪起了眼。「我說的是真的！那鐘樓真的是用來鎮壓亡靈的！」

「……喔。」反正肯定又是從什麼傳說裡看來的吧。而且我又沒說我不信你……總覺得你搞錯重點啦，莫西老師。

「什麼嘛！妳這不屑的表情！」莫西頓時跟炸毛的貓一樣，差點就跳了起來。「難道妳有聽見那鐘樓響過嗎？！就是因為它擁有封印的力量，所以從來都不會響！」

所以說，我不屑的是那打破我期待的無趣的試膽大會內容，跟鐘樓的傳說一點關係都沒有……

雖然完全沒有想要反駁莫西的打算，可吐槽成習慣的夏憐歌還是情不自禁的把話說了出來：「都幾百年了，還會響才真見鬼了咧。」

莫西一愣，隨後露出一副輕易被說服的表情，怏怏的垂下了腦袋，無力道：「說得也是……」

唔。

總覺得有種對一個堅信世界上存在聖誕老人的天真小孩說「那全都是你的妄想！」的罪惡感。

就在夏憐歌想說些什麼來補償的時候，一個負責這次活動的騎士匆匆忙忙的趕了過來，將手上工作人員的通訊設備和通行證遞給他們：「抱歉抱歉，莫西老師，讓你們等了這麼久。那個……活動也差不多要開始了，接下來就麻煩你們了哦。」

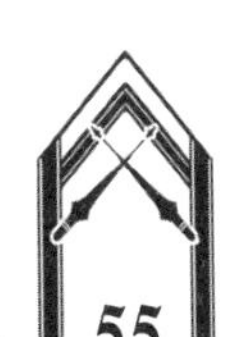

「OK，包在我身上！」莫西一拍胸脯，接過那人手上的東西仔細放好，接著便與夏憐歌結伴進了公園。

活動在八點準時開始，參加者也陸陸續續的入場了。夏憐歌跟莫西兩人所在的工作組，是負責為活動中迷路的學生指路，以及協助醫療隊處理活動中的受傷學員。

雖然夏憐歌仍舊覺得，無意中解開封印導致被惡靈追殺這種內容實在是太無聊了，但也不得不說莫西的活動還是策劃得挺成功，試膽大會才開始不久，就有不少人被嚇得手足無措，搞得一旁的工作人員也是不得安寧。好不容易輪到換班，夏憐歌和莫西簡直像兩條被曬乾的茄子一樣癱倒在座位上。

「可惡……早知道就該叫下面的人幫我留一個位置扮幽靈！」莫西還對這件事仍念念不忘。

夏憐歌猛地灌了幾口礦泉水，聽到這話不由得笑了出聲：「得了吧，你剛剛又不是沒看到，那個被嚇壞的男生把扮演幽靈騎士的傢伙打得多慘……看來這差事也不容易啊。」

正說得好笑，突然有人急匆匆的跑了進來，看樣子是個剛剛上任的新騎士。

他一見到莫西，慌張得連話都說不俐落了，緩了好半天才稍微鎮定下來：「莫……莫西老師，不好了，噴水池那邊不知道為什麼忽然發生地陷，有學生掉下去了！」

「啊？！」一聽這話，莫西馬上擱下水瓶騰地站起來，原本吊兒郎當的語氣一下子變了。「搞什麼，就說這邊公園歷史太久，還特意做過建築安全測試的不是嗎？怎麼會出這種事！」

「不、不曉得。」騎士誠惶誠恐的微俯下身。「總、總之請老師先去看看吧！」

尾音還沒落下，莫西已經逕自往門外跑去。

看見情況不妙的夏憐歌也急急忙忙的站起身，跟在莫西身後跑了出去。

出事地點是活動路線的後段，那裡臨近山腳，有一處荒廢的廣場和巨大的噴水池，池裡的水早就乾涸，水坑裡積滿了枯葉和泥塵。沿邊的大理石本來就雕琢得不甚精緻，如今都泛著古老的灰色，臨時安置在旁邊的指路燈幽幽的發著冷光，四周有好幾個直徑兩、三米的地陷圈，已經圍起了封條，有救護人員正在進行緊急處理。

來的時候莫西詢問了現場情況。有四個學生經過這裡時，地面忽然發生劇烈的抖動，緊接著就接二連三的出現了這些凹陷，幾個人躲避不及便摔了進去。幸好凹陷不算深，他們也不至於傷得太嚴重。

「嗯？這麼說的話，這些塌陷是地震導致的？」夏憐歌插話問道。

那人搖搖頭回道：「這個不太清楚。不過剛才確實有過一陣巨大的震動，但好像就只在這附近一帶發生，離這裡遠點的地方都沒影響。」

夏憐歌還想問些什麼，就在這時，遠處驟然傳來了一陣悠遠綿長的清響：「噹——」

那聲音震得人內心一抖，霎時在場所有的人都安靜了下來。

「……什麼聲音？」過了好半晌，夏憐歌才像是鼓足了勇氣一樣輕聲問道。

「噹——」

又是一響，比前一聲更加的洪亮。那詭異的聲響在夜空裡盪漾開來，靜立在枝頭上的禽鳥紛紛一躍而起，被撩起的樹葉像散開的紙張一樣飄落了下來。

「是鐘聲？」莫西滯了一下，彷彿在確定什麼般側耳傾聽著。

「鐘聲？怎麼會有鐘……」夏憐歌一下子怔住了，忽然想到之前莫西跟自己說的那棟六百年前的鐘樓，一邊在心裡罵道這回是真見鬼了，一邊訝異的回頭問莫西：「……活動的壓軸表演？」

「噹——」

沒想到這確鑿的一聲鐘響，卻讓莫西整個臉都白了。「怎、怎麼可能……」

鐘聲還在繼續迴盪著，一直敲至九下才停住。

一時間所有人都亂了起來，莫西也有點不知所措。「怎麼回事，那邊沒劃進路線裡，有誰進去了嗎？」

莫西之前說過那鐘樓本身就是個封印，現在看這情況，難不成是他設計的活動劇情成真了，有人不小心解開了封印不成？

夏憐歌這樣想著，然而當事情真正發生在眼前的時候，她又不禁覺得有些荒謬。

比起那些沒有根據的猜測，她反倒認為，這詭異的鐘響有可能又是黑騎士聯盟搞得鬼。這邊莫西也被事況弄得沒主意了，如果她提出要去調查的話，或許是個可以查探黑騎士聯盟底細的好機會也說不定。

於是，打定主意的夏憐歌一把拉著莫西說道：「走，我們帶人去看看不就好了。」

說罷，她拿了對講機和手電筒，又招呼了幾個學生會的成員，跟著莫西一起往鐘樓走去。

一路上眾人全都畏畏縮縮的。通往鐘樓的路是在活動路線終點更後面，因為沒在活動場地內，道路根本沒被修葺過，還是那種用未打磨的大塊青石砌成的道路。凹凹凸凸的石道滿是青苔和積水，周邊還有一些破落磚瓦和房子的殘跡。沒有指路的冷燈，潮濕的空氣中瀰漫著讓人暈眩的灌木叢味道。

大概走了十來分鐘，眾人才來到林中的鐘樓前。

在遠處看時只知道這座鐘樓異常高大，但並不覺得是多了不起的建築，走近了才發現它到底有多宏偉。鐘樓周邊一圈都是老舊的雕像石和花壇石基，即使如今已經殘破不堪，卻也透漏出一股難掩的奢華氣息。

鐘樓高達五層，約有百來米，外層鋪石都帶著精緻的敘事浮雕畫，經過多年的日曬雨

淋，早就被侵蝕磨損，而佇立在眼前的銅門也已經鏽青了。

夏憐歌走過去。銅門虛掩著，她拿著手電筒往裡面照，光線卻像陷進黑色泥濘裡般，半點都透不進去。

這麼一棟建築立在陰鬱的森林保護區裡頭；月光下的塔樓泛著清白的冷光。一般來說，舊時會耗資巨大的修建這種壯麗鐘樓，極大可能是因為宗教信仰的緣故——但如果是這樣，應該還會有個規模不小的教堂在附近才對，怎麼獨獨只有這座鐘樓？

夏憐歌狐疑的想著，往後退了一步，伸手想去推門，腳下卻突然一個踉蹌，不知道踩上了什麼東西，匡啷一聲。

莫西與身後的眾人也嚇了一跳，連忙拿著手電筒往夏憐歌的腳下掃過去。夏憐歌蹲下身去撥開草葉看，一團手腕粗的冒著難聞鐵鏽味的東西露了出來。

——居然是一圈斷開的鏽得發黑的鐵鏈。

「什麼東西？」莫西靠了過來。

夏憐歌不答話，指給他看，把鐵鏈的一頭握在手裡，叮鈴噹啷的拉了起來。那鐵鏈足有十來米長。夏憐歌又拿起手電筒往銅門上照，門邊有好幾個和門身連在一起的粗大圓釦。

「這鐵鏈原本是用來鎖住這門的吧？」說著，夏憐歌又張大眼睛往門隙裡看了一眼。

莫西突然冒出了不好的預感，驚訝道：「那怎麼會被打開了？」

夏憐歌搖搖頭，用手推了推門，好不容易才推開了夠一人進去的大小。夏憐歌先探進去半身，又朝身後的人招手道：「來，一個個進來。」

莫西身後的一個騎士一下子就往後跳了開去，拒絕道：「不、不要吧！我總覺得裡面有什麼可怕的東西——」

「幾百年的鐘樓，老鼠都餓死了還能有什麼東西！門都被開了，不明擺著有人在上面

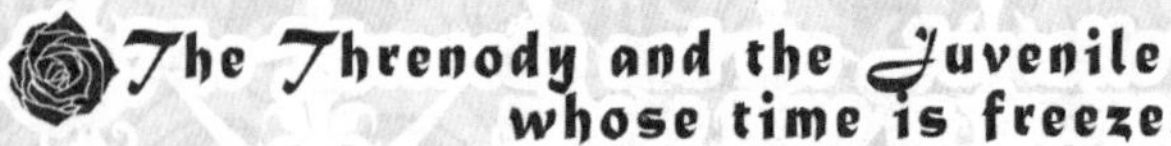

搞鬼嗎！」夏憐歌氣勢洶洶的瞪了他一眼。

「妳看這門，鐵鏈都粗成這樣……誰知道裡面關著什麼玩意啊？我、我不去！」那人剛說完，腳底就跟抹了油一樣直接溜了。

旁邊還站著另外兩人，看看莫西又看看夏憐歌，跑也不是，不跑也不是，就立在那裡躊躇著。

莫西見他們不太情願，便自己提著手電筒跟上夏憐歌，另一隻手往她肩上一拍，說道：「走，我們進去轉兩圈看看情況吧。」

兩人緩步走進了塔內，鋪天蓋地的黑暗撲面而來，四周瀰漫著一陣濃烈的灰塵和木頭腐朽的味道。

鐘樓一共五層，樓身中間都是中空的，有盤旋而上的樓梯。每層都有一道環樓而建的

走廊和機件。鐘樓的機械行走聲從頭頂傳來，鋼針的走動及齒輪咬合的聲音震得人腦袋一陣轟鳴，迴盪在這巨大的空間裡被放大了無數倍，猶如湖面的漣漪，一輪輪盪漾開來，一時模糊一時清晰，幻覺似的。

夏憐歌也不知道哪來的勇氣，挽著莫西的手臂，邊拿著手電筒邊摸索著走，不一會就找到了上樓的樓梯口。她低頭確認階梯的高度，而後踏了上去，只聽吱呀一聲響，也不覺得搖晃。

用來做這樓梯的大概是上等的木材，而且也應該做過了防鏽處理，這麼多年下來竟然這麼牢固。夏憐歌拉了拉莫西，對他說道：「走，我們上去。」

似乎是覺得讓夏憐歌打頭陣太沒面子了，莫西把夏憐歌往身後一拉，自己先走了上去。「我走前面，妳跟好。」

說罷，莫西就拖著夏憐歌一步步往上蹬。

兩人心下多少還是有點害怕，走得如履薄冰。夏憐歌盡量放低了聲音問：「這塔建在這裡，不修葺也不拆掉是幹嘛？別說你們是為了保護古文物？」

「不曉得。」莫西已經有些氣喘。「因為是在森林保護區，這種地方沒列入開發範圍，也就不去理了，反正不礙事，拆卸還要浪費錢啊。」

「……蘭薩特弄兩套那些衣服的錢，都夠拆幾棟這樣的樓了。」夏憐歌鄙夷的癟癟嘴。不過說真的，要是拆掉了也挺可惜的……

莫西似乎被這裡詭異的氣氛感染，又開始躍躍欲試的把話題扯向他熱衷的方向：「嘿嘿，不知道能不能遇見六百年前的魔女亡靈呢……」

夏憐歌身子一抖，罵道：「閉嘴啦！」

「妳不要不信邪，傳說魔女維朵爾公主就是被禁錮在這裡，就算現在遇見也——」

兩人剛踏上二樓走廊，原本還說得挺興奮的莫西卻忽然煞住了聲，站定在那裡動也不動。夏憐歌一個沒注意就往他肩頭上撞了過去，不禁有些吃痛的摸著鼻子，連聲調都變了：「怎麼了……」

莫西的身子微微向後逡，聲音裡似乎帶了一點輕顫：「等、等一下，我剛才好像看見一個白色衣服的人影閃過……」

「哪裡？！」夏憐歌連忙把手電筒往前一照，一米來寬的走廊，面前黑漆漆一片，能見度也沒兩米遠，但如果真的走過來個人，不可能在眨眼間就消失了啊？

「……你是故意嚇我的吧？」

「真、真的看見了！」莫西又重複一遍，生怕夏憐歌不信。

夏憐歌狐疑的看了他一眼，又試探性的往前走出兩步。這時，一陣異樣的冷風不知道從哪個方向吹了過來，細小的蛛網和塵埃混合在空氣裡，彷彿魔獸般張牙舞爪的朝他們湧了過去。

夏憐歌感覺有什麼軟軟的東西一瞬拂過自己的臉頰，冰冷的氣息隨著那個輕撫，直直的凝結了皮膚底下的細胞。她驚了一跳，手電筒的光也跟著自己輕顫的手開始左右搖晃了起來。

「是、是誰！」竭力壓下心中的恐懼，但夏憐歌還是忍不住叫了一聲，使勁抓著莫西往後退。

莫西也被她這個舉動嚇到了，還沒來得及出聲，就看見前方一片塵霧在手電筒的光線下像水波一樣動起來，慢慢凝成一塊，披著月光色長髮的少女在這一片深不見底的黑霧中抽出身來，一身雪白及膝蕾絲裙，半透明的皮膚在這昏黃的光線中若隱若現，膝蓋以下的小腿就如幻燈片一般淡到看不見了。

她緩慢的睜開了眼睛，嬰兒藍的眼眸裡宛若盛入了一整個安靜的大海，就這樣木然的看著夏憐歌。

過了許久，她才輕輕的張了張嘴：「妳不該來，快回去。」

呼出的聲音在空氣中凝成了冰霜，被風一吹，彷彿散落的花瓣一樣四處紛飛。

不、不會這麼邪門吧？這就是那個所謂的魔女？！

夏憐歌一下子呆住了，但下一瞬間又覺得她看起來好像有點眼熟，想也沒想就隨著她的尾音反問道：「什麼意思？」

少女蹙著眉頭，神色突然殷切了起來：「不能再往上了，快點走，不要再留在這裡……快點……」

聲音像是摻入了雜音的收音機，就連飄在半空的少女也彷彿電視機裡接收不良的畫面一般，頓時隨著散開的霧氣一起化了開去。夏憐歌不知哪來的衝動，前傾了身子往少女那逐漸消失的裙襬撲了過去。

那一瞬間她如同被捲入了時光的洪流之中，帶著潮濕氣息的冷風貼著臉頰呼嘯而過，她睜大了眼睛，眼前濃稠的黑暗忽然被一團刺眼的白光刺破，未曾見過的景色像漏出的顏料一般飛速的往四周蔓延開來。

回過神來，夏憐歌發現自己站在鐘樓裡偌大的樓堂中央，磚牆與地板都是嶄新的，日光從頂層稀稀疏疏的透進來，耀眼的碎金色幾乎曬得她睜不開眼睛。

夏憐歌愣了一下，急忙回過身去，卻沒有找到莫西的身影。

還沒弄清楚到底發生了什麼事情，她突然聽到一聲輕輕的低笑，有人站在一旁說著話：「那麼，明晚就在這裡等，我們一起走，維朵爾。」

夏憐歌循著聲音望過去，剛才見到的那名少女背靠著鐘樓的銅門而站，低垂著眉眼，脣角噙著笑意，放柔了聲音，對站在虛掩的門外的人說：「好，你去哪，我就跟你去哪。」

門外的人輕聲笑了笑，聲音聽起來分外熟悉，一時間卻又想不起來究竟在哪聽過。

「那明天再見，我的公主。」

「明天見，殿下。」

聲音剛落，鐘塔之外的天空突然流雲飛轉，四周的景象如同電影鏡頭快轉一般，光線明亮又晦暗。叫維朵爾的少女依舊站在那裡，門外有急匆匆的腳步聲，過了一會兒，就聽見有人警惕的朝門裡喚了一句。

少女應了一聲，可門外說話的卻不是昨天的人。

「公主，公主，殿下他……他來不了了。」

剎那間，整個世界似乎都開始扭轉起來。

維朵爾的肩膀一抖，輕柔的聲音裡是抑制不住的輕顫：「他怎麼了？不是說好的嗎……」

門外的人緘默了好一陣，像是終於下定了什麼決心一般，輕聲開口：「殿下與賽爾雅

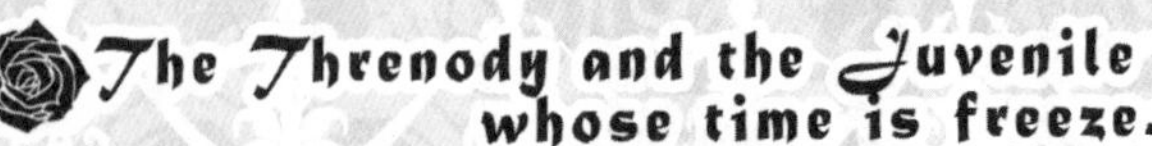

緹的書信來往頻繁，被御前大臣之子誣陷，以叛國罪關押起來。他來不了了……」

那人沙啞著聲音繼續說：「御前大臣與生下圖斯王子的新王后密謀，早就想要王儲的性命了，這次有把柄落在他們手裡，殿下恐怕……」

等……等等？

圖斯王子……圖斯？

一個奇怪的念頭在夏憐歌腦海裡閃了過去，這名字……好像在什麼地方聽過？

然而，還沒待她反應過來，外面就傳來了洶湧的馬蹄聲。一時間人聲吆喝，火把的光透過門隙流淌進來，映得樓堂裡一片怵目驚心的紅色。外面的人厲聲叫了起來：「快走，維朵爾公主！快走！圖柏斯的追兵來了！」

叫喊聲落在耳裡，像一把尖銳的刀架在夏憐歌的腦海中不斷的磨，她只覺得眼前的光芒和景色在瞬間彷彿迅速凋敗的花朵一樣散了開去，濃稠的黑霧又再次襲來。

這究竟是怎麼回事？維朵爾、賽爾雅緹與圖柏斯、戰爭……這些熟悉又陌生的字眼一個接一個的在腦海裡閃了過去，夏憐歌只覺得自己的腦袋混亂不堪。

難道她現在看到的，是曾經發生在數百年前的光景嗎……

可是她為什麼會看見這些？幾百年前究竟發生了什麼事？

在思緒還糾成一團的時候，之前莫西所說的那些傳說，又如鬼魅般在夏憐歌的腦袋裡隱隱出現。

「維朵爾公主是蠱惑人心的魔女。」

「圖柏斯的王后殺子奪位。」

而從她剛才聽到的對話裡，夏憐歌發現，圖柏斯國除了那位擁有繼承王權的王子之外，似乎還有另外一位王子……

關係似乎越變越混亂了……

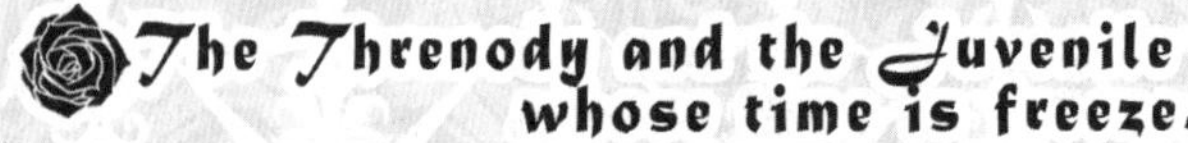

夏憐歌還想繼續理清思路，頭卻像是灌進了鉛塊般越來越沉，越來越痛，痛得連四肢都支撐不起來。隱隱約約聽見莫西叫喚的聲音，稀薄的手電筒光芒從前方透染過來，她沒來得及再多看一眼，就覺得眼前一黑，整個人失去了意識。

02

鐘樓時間差・公主的請求

維朵爾看著他，神色悽楚。「你知道嗎？這麼下去，那女孩會死的……」

「那要怎麼樣才能救她？」過往發生的一切事情，倏地像幻燈片一樣在腦海裡重疊又交織，蘭薩特手足無措的向維朵爾仰起了頭。他不能讓夏憐歌死！他不准她死！

維朵爾懸在半空靜默好一陣，頷首一副意圖捉住最後希望的模樣，對蘭薩特說道：「你讓我見圖柏斯國的王子吧，他或許會清楚救她的方法。」

The Princess's Request.

腦袋……好痛……眼皮澀得好像生鏽了一般……

夏憐歌艱難的睜開了迷濛的雙眼，四周是一片茫茫的白色，空氣裡瀰漫著令人厭惡的消毒水味道。

蘭薩特和莫西守在床邊，看見她醒來急忙對外面喊了一聲，不一會兒就見十秋帶著醫護人員走進來。

白衣天使們又是讓她轉眼珠又是讓她吐舌頭，看過後就說沒什麼大礙了，可能是對鐘樓裡那些木頭的防腐劑過敏，誘發了哮症才會暈厥過去。

莫西在一旁慶幸的拍了拍胸脯，自言自語的說：「幸好在我們往鐘樓去了之後有人跟儲君報告過這件事……騎士聯盟的人也來得及時，不然就慘了……」

「誰准你們隨便到那裡去的啊？！」蘭薩特忽然吼了一聲，嚇了在場所有人一跳。

夏憐歌抬起頭看他，複雜的神色裡有著說不出來的微妙情感：「是我跟莫西說去看看的，我怕又是黑騎士聯盟搞得鬼……」

「夏憐歌！妳認清妳自己的身分沒有？」蘭薩特一下子惱火了起來，倏然站起身厲聲打斷她的話：「妳現在是普通生，雖然留了妳騎士身分的待遇，但有關殿騎士聯盟的任何事妳都沒權力涉及！麻煩妳安分守己一點！」

莫西看到蘭薩特一臉惱怒的模樣，連忙跑上來細聲的勸慰：「閣下，抱歉，其實是我讓她來……」

「閉嘴！」蘭薩特回頭吼了句，又瞪著夏憐歌，一副無可奈何又在氣頭上的樣子。一旁的十秋往他肩頭一按，搖搖頭低聲說了什麼，似乎是讓他別發脾氣。

這時紅棗走了進來，先對蘭薩特恭恭敬敬的招呼了一聲，然後在他耳邊不知道報備了什麼，蘭薩特點頭應了。臨走前他又回過頭來冷淡的看著夏憐歌，說了一句：「妳別再給我添麻煩。」說罷，悶聲關上門。

夏憐歌錯愕的愣在那裡許久，只覺得那句話撞在心裡痛得發澀，不知怎麼的，淚水撲簌簌就掉了下來。莫西一見，馬上就慌了，安慰道：「夏、夏憐歌……別、別這樣，閣下罵妳又不是第一次，妳怎麼了？還是那裡痛……」

「麻煩麻煩，我就是一直給他添麻煩怎麼了，他老早就嫌棄了不是嗎！」夏憐歌拚命的用手擦拭著自己的臉頰，淚水卻彷彿不受自己控制般，源源不斷的流了下來。她只覺得有什麼東西堵在胸口，連眼前看到的一切都開始左右搖晃起來。

「夏憐歌……」莫西無所適從，只能由她這樣子哭著。

過了許久，夏憐歌才好像恢復了所有知覺，感覺喉嚨裡澀得厲害，腦袋像泡在水裡發脹的麵團一樣渾渾噩噩的。

莫西輕嘆了一聲，讓她睡下。腦袋才剛碰觸到枕頭，夏憐歌就像墮入了無窮無盡的夢境裡一般，彷彿再次回到了那個奇妙的鐘樓裡，有公主細細的嗚咽聲和將整個大地全部燒

成荒原的戰火。她沉入了深不見底的黑暗中，安穩睡去。

◇　◇　◇

試膽大會上出現的地陷至今鬧得學院內人心惶惶，蘭薩特坐在事務廳裡柔軟的高背椅上，看著莫西呈上來的報告皺起了眉頭。一旁的十秋也扶了扶眼鏡，詫異的問道：「這怎麼回事……地陷是由ESP引起的？」

「確切的說，這種狀況是由學院內ESP能力者聚合起來的磁場無意識引發的。」莫西又遞上了幾份資料。「ESP能力者聚集的地方所形成的磁場與常人不同，所以偶爾會受其影響發生一些事故或者奇怪的現象，本來也沒什麼值得大驚小怪的，不過……」

說到這，莫西盯著手中的紙張撓撓頭，也跟著露出了困惑的表情：「最近學院內發生的異樣太過頻繁了一點，地陷和山塌就不多說了，今天早上久原區的一幢普通生宿舍甚至出現了頭尾倒置的現象，裡面的學生全在不知不覺間被轉移到舊雕像公園裡。」

「事故發生得這麼集中，已經很讓人匪夷所思了，而且像宿舍倒置這麼大的動靜，也並不是普通的ESP磁場隨隨便便就能造成的……」

蘭薩特的臉色沉下了幾分，問：「這麼說的話，這些現象果然還是人為的吧？」

「是有這個可能。不過最近發生的怪事不止這些。」彷彿想起什麼不好的事情，莫西稍稍的斂起了眉。「這幾天學院內的學生不知道受到什麼東西的干擾，使用ESP的時候總會出現一些莫名其妙的失誤，嚴重的甚至無緣無故失去了自身的ESP能力……」

蘭薩特拿著資料的手一緊，紙張發出了被撕裂一般的細微聲響。「所以？」

「如果把這兩個現象聯合起來，有一個假設可以解釋目前這些發生的怪事。」莫西露出嚴肅的神色，定定的看著蘭薩特陰晴不定的表情。「……在島嶼上出現了另外一個無比強大的ESP磁場，最近所有的異動都由它引起，學生們的ESP能力也受其干擾。」

剎那間房間裡變得鴉雀無聲，蘭薩特看著手上密密麻麻的資料，卻不知道自己究竟看進了些什麼。他突然站起身，將這一疊紙張狠狠的摔在桌上，挑起嘴角輕蔑的笑了起來。

「哈？更強大的ESP磁場？薔薇帝國學院裡彙集了無數的能力者，還有什麼其他的磁場能比這個更強大？難不成你想說這個『更強大的ESP磁場』的出現是因為島上的什麼封印被解開了嗎——」

聲音一瞬頓住，蘭薩特愣了一下，像是突然想起什麼一般低下了聲：「等等……這些事故是從什麼時候開始頻繁發生的？」

似乎沒料到蘭薩特會這樣子問，莫西呆了好一會兒才反應過來，抓著頭髮，苦苦思索：「嗯……好像是在試膽大會的地陷之後就接二連三的發生了這些怪事……試膽大會……啊！對了！」

他啪的一聲將右手捶在攤開的左手上，然後說道：「在試膽大會上發生地陷的同時，島中央那座從來沒有響過的鐘樓敲響了！」

「鐘樓……」蘭薩特失神的喃喃出聲。十秋安靜的立在一旁，牆角斜開的陰影將他的身子籠了起來，不知道他究竟都在想些什麼。

幾百年來不曾響過的鐘樓，卻偏偏在這種時候發出了悲戚的鐘聲，僅僅只是因為樓塔內早已壞死的機件重新開始運作，還是……

「說起來……」突如其來的聲音打斷了蘭薩特的思緒，莫西又擺出了一臉擔心的神色，從手中的檔案裡抽出一張表格來，往他那邊遞了過去。「不知道為什麼……從鐘樓裡回來之後，夏憐歌去上課的次數越來越少了，這是她的出席記錄表，如果還繼續維持這種狀態，她的出席日數可能會不夠……」

「嘖。」腦海裡整理好的想法一下子被打亂了，蘭薩特氣沖沖的搶下那張表格，怒問：「她這是怎麼回事？想被退學嗎？」

十秋也過來看了眼，又從桌子上那一堆密密麻麻的檔案裡抽出幾張東西看了看，向蘭薩特解說起來：「估計不是，請的都是病假，有學院醫院的證明，醫囑和藥物使用單據都在記錄裡。」

蘭薩特一下子呆住了，拿過這些記錄仔仔細細的從頭看了一遍，急忙回過頭去問莫西：「怎麼回事？上次她受的傷還沒好？」

莫西搖搖頭，也不解：「不會啊，上次都沒受傷。但最近她的臉色確實不好，整個人都無精打采的，身體也好像越來越差，動不動就請病假上醫院……」

「她怎麼了……？」輕顫的聲音裡透出了一絲微妙的情緒出來，蘭薩特連忙壓制住。

「從鐘樓回來後就這樣。」莫西放輕了聲音，眼神也開始左右游移了起來。像是思慮了許久，他才彷彿下定了什麼決心一般，試探性的說了一句：「之前我們倆在鐘樓……見到一個白衣的女孩，我在想她會不會是那個傳說中被禁錮在鐘樓裡的魔女的亡靈，也不清楚夏憐歌是不是因為她才……」

「你怎麼不早說！」蘭薩特一下子慌了，聲調不自覺的拔高了起來。她的身體會越來越虛弱，多半是因為遇見過幽靈沾染到了什麼不好的東西，偏偏那個幽靈還有可能是個魔女——

這邊莫西也怏怏的垂下了腦袋，聲音裡是滿滿的自責和愧疚：「抱歉，閣下。」

看他這副樣子，蘭薩特不好再責怪些什麼，只好焦躁的朝他揚了揚手，站起身往內室走去。「……算了，也不關你的事，你先回去吧。」

莫西訕訕的回過頭正打算離開，剛走出幾步，又像是想起了什麼似的「啊」了一聲，急忙轉過身喊住了蘭薩特，將手中的另一份檔案遞到他面前。「那個，閣下，還有另外一件事。」

「什麼？」蘭薩特挑起眉梢，似乎已經有點不耐煩了。

「因為之前地陷的緣故，我們在舊雕像公園那邊發現了……一些屍體。」

「屍體？！」聽到這個詞彙的蘭薩特不免有些愕然。「是因為地陷而遇難的學生嗎？」

「不，不是那個……」莫西像是找不到話來解釋當時的情況，支支吾吾了許久才將語言組合起來。「那些全都是少女的屍體，跟之前我們找到的愛麗絲的屍體很像……不過大部分的死亡時間都比愛麗絲早。」

「愛麗絲？啊，你是說那次愛麗絲事件嗎？」沒記錯的話是在夏憐歌剛入學不久時發生的事。蘭薩特皺起了眉。「意思是，這些少女也是黑騎士聯盟殺死的？還有，『很像』是什麼意思？」

「唔……各種意義上的『很像』。」莫西微微的側過腦袋，像是在思考。「第一，她們的死因很像，那就是『沒有死因』，全部都跟自然死亡一樣，而且屍體也完全沒有腐爛。第二，她們的屍體都是裝在雕像裡，然後被埋進舊雕像公園的，如果不是這次地陷……可能永遠不會被發現。第三……她們長得很像。」

「長得很像？」最後一點不知為何讓蘭薩特特別介意。「難道黑騎士聯盟是按照長相來行凶的？」

莫西搖了搖頭，又把聲音低了下去：「我個人感覺吧……這些死去的少女和之前我與夏憐歌在鐘樓裡碰到的那個白衣少女長得很像，所以我在想，有沒有可能是因為魔女的詛咒……」

「詛咒？」蘭薩特冷笑一聲。「這未免太荒謬了吧？」

而且一聽到夏憐歌的名字，蘭薩特的心就好像被什麼怪獸牽制住了一般，惹得他沒有來由的擔憂和急躁，甚至連莫西剛剛報告的那件事也沒有辦法思考了。蘭薩特隨意將莫西手中的檔案接過來，捂著有些脹痛的腦袋，下逐客令：「剩下的下次再說吧，我想休息了。」

語畢繼續走向內室。

十秋看了他失魂落魄的背影一眼，回頭向莫西交代了兩句之後，也跟在蘭薩特身後進去了。

蘭薩特披著件薄毯躺在沙發上小寐，狠狠皺起的眉頭卻怎麼也放鬆不下來，一張俊俏的臉皺得跟苦瓜似的。十秋走過去靠著蘭薩特的身旁坐下，伸手撫了撫他眉間的褶皺，勸說道：「別煩了，再煩也是於事無補。」

蘭薩特沒有睜眼，聲音像是被掩在柔軟的棉花裡，聽起來悶悶的：「你說為什麼……」

十秋一愣，反問：「什麼為什麼？」

「黑騎士聯盟的存在，到底為什麼？我們都追查這麼久了，居然連一點端倪都查不出來，好不容易抓到常清這個線索，卻一下子說斷就斷了。」他突然苦惱的抬起手來蓋住眼睛。「我答應過幫她的，但我發現我什麼都做不到，朔月……」

「慢慢來，會好的。」十秋的眸色黯了下去，伸手替蘭薩特掖好被角，又在他背上拍了拍。「累了嗎？睡吧，我守著你。」

「好吧。」蘭薩特垂下了手，迷迷糊糊的點頭。「入夜後叫我起來，朔月……」

「我知道了。」

十秋的聲音輕輕的，似乎還在說些什麼，卻融在了逐漸沉下來的天色裡，再也聽不見了。

◇◇◇

蘭薩特醒來的時候已經晚上十一點了。十秋拿著PSP坐在一旁，螢幕上幽藍色的光映在他的鏡片上搖搖晃晃，他手一偏按掉了開關。「醒了？」

「嗯……」蘭薩特掀開薄毯，坐起來扶了扶腦袋。「你也累了，先回去休息吧。」

「那你呢？」

「我這邊還有一些事要處理。」說著，蘭薩特沒多看他一眼，站起身就徑直往外廳走了過去。

十秋在身後看著蘭薩特垂下來的金髮，也沒多話，打電話跟蒲賽里德要了幾個人來供蘭薩特使喚，就自己先回學院的住處去了。

蘭薩特的眼神黯了黯，隨手捉起椅背上的外套披在身上，帶上一些照明工具，就往試膽大會的地陷現場過去。

幾個地陷圈旁邊的警戒線還沒有撤去，數條彎彎曲曲的裂縫彷彿炸開的火花一般，從坑裡往上向四周蔓延開去，乍看之下如同群聚起來的黑蛇陡然散開向四面八方爬行。在黑夜裡顯得幽深而詭秘的縫隙，也開始讓人不安起來。

似乎在那次地陷之後，這個地方又發生了幾次塌裂。

蘭薩特皺了一下眉頭，將手電筒的光往旁邊一打，正巧看見了鐘樓那灰白色的尖頂。

他沒有多想，撥開身邊的雜草就往鐘樓的方向走了過去。那日的夏憐歌和莫西在鐘樓裡遇到的少女到底是什麼，他必須弄個明白。

越接近鐘樓，路就變得越難走，前幾天活動留下來的器具尚未清理，到處都是殘敗的盔甲和突擊矛，用不知名塗料融成的血水淌了滿地，有些已經乾涸，空氣中瀰漫著各式各樣怪異的味道。

走了十來分鐘才來到高聳的鐘樓前，蘭薩特抬起了頭。天候不佳，森林上方凝起了一層厚厚的霧，月光無法穿透過來，四周顯得一片昏暗。

蘭薩特看了眼沒入霧中的樓頂，踮起腳尖走到那扇半開的門前往裡窺探。忽然一陣冷風竄出，灰塵撲了一面，蘭薩特用手搧了搧，一個貓腰閃身進去了。

他將手電筒的光度調節到最大，往四周掃了一圈，並沒有發現什麼。

然而就在他往前走出兩步的時候，身後忽然傳來吱呀一聲，巨大的銅門轟然關上。蘭薩特被震得渾身一抖，連忙回過身問道：「誰在？」

溢出脣邊的聲音逐漸消失在這空曠得嚇人的空間裡，不知道是不是心理作用，蘭薩特滯了一瞬，又覺得那聲音像繞了一個大圈般撞了回來，回音似的層層疊疊，有如耳中突然鑽入一大群拍動翅膀的蝗蟲。手電筒的光在牆壁上來來回回的晃，他甩了甩有些發脹的腦袋，又喊了一聲：「誰在，出來！」

漸消的尾音像是投入水中的石子，蘭薩特只覺得四周的空氣彷彿凝成了水一般，一層一層的泛開了細細的紋路。有一股寒氣不知道從哪個方向吹來，觸到晚風化成了微小的雪屑。

「你是來找我的嗎？」

身後暈開了一團幽藍的光，輕柔的聲音伴隨著涼氣吹進耳道，蘭薩特嚇了一跳，條件反射的回過身去，那團藍光又輕盈的躍了起來，飄過他的上方停留在了半空。

像水紋一樣的裙襬發出了布料摩擦的聲響，長長的拖開在她身後。

蘭薩特急忙將手電筒的光往少女那邊照了過去，然而一靠近她，那昏黃色的光線卻彷彿被少女周身的幽藍光芒吞噬進去一般，只能隱約瞧見她月光一樣美麗的髮絲在身後長長的鋪展開來，碧藍如海的眼眸裡滿是悲涼。

蘭薩特一愣，眉梢不易察覺的斂了起來。

這位少女……長得很是眼熟。

他以前好像經常看見這個人……

可是到底是以什麼方式看到的呢？眼前少女的影像朦朦朧朧，也一併讓他的記憶跟著模糊了。

蘭薩特困惑的朝少女伸出了手，卻被她一個輕躍躲開了。

她仍舊重複這那句話：「你是來找我的嗎？」

「是……」蘭薩特看著她那虛無縹緲的形態，露出了不解的表情。「妳是誰？」

少女將握緊了的雙手安靜的捧在胸口：「我是維朵爾。」

維朵爾……？

啊。

蘭薩特一下子想起來了：維朵爾——六百年前存在於這個島上的兩個國家之一——賽

爾雅緹國中的公主殿下。他以前一直在各式各樣的史書裡看到過她的畫像！

難道這個鬼魂真的是六百年前賽爾雅緹國裡的公主？

但是為什麼……古國公主的靈魂會在這座殘破的鐘塔裡滯留了六百年？

蘭薩特皺了皺眉，看見她影影綽綽的身體又暗下了一分。「前些天來這裡的少女……妳對她做了什麼？」

「我什麼都沒做……」少女神色黯然，眼裡一片幽幽的海藍色，宛若深潭。「你就是……現在這個島國上的王儲嗎？」

蘭薩特一怔，片刻頷首道：「是的，我叫彼方．蘭薩特。」

維朵爾看著他半晌，不知道在想著什麼，神色悽楚。「你知道嗎？這麼下去，那女孩會死的……」

「會死？」蘭薩特突然感覺心臟被什麼東西重擊了一下，瞬間就想起莫西早上說過的

「魔女」，看著她的眼神情不自禁的露出了幾分敵意。「妳……果然是魔女嗎？之前那些女孩也全都是妳殺的？」

「我不是，我不是魔女！」一聽到這個詞，原本嫻靜的少女驟然慌亂了起來，她拚命的搖晃著雙手，碧藍的雙眼差點就落下淚來，像隻委屈又難過的小兔子。「這些、這些都是他們誣衊我的……我也沒有殺過人！我明明、明明只是想跟殿下在一起而已啊……」

「那這究竟是怎麼回事！」蘭薩特急躁的大喊出聲。

浮在半空的少女被他吼得身子一縮，微微抬起眼來小心翼翼的說道：「她……墜入我的『記憶』了。」

「妳的……記憶？」蘭薩特越發的疑惑。

維朵爾公主輕輕的垂下了頭，聲音輕得彷彿被風一吹就會迅速化開一樣：「是的，她墜入一個幽靈的『記憶』裡了。再這樣下去，她的靈魂會被我那份『記憶』慢慢侵蝕掉的……」

「那要怎麼樣才能救她？」過往發生的一切事情，倏地像幻燈片一樣在腦海裡重疊又交織，蘭薩特手足無措的向維朵爾仰起了頭。他不能讓夏憐歌死！他不准她死！

「……我不知道。」維朵爾搖搖頭。懸在半空靜默好一陣，頷首一副意圖捉住最後希望的模樣，對蘭薩特說道：「你讓我見圖柏斯國的王子吧，他或許會清楚救她的方法。」

「……妳沒搞清楚狀況，公主殿下。」費了好大的勁才讓自己稍微冷靜下來，蘭薩特柚木色的眼眸在暗夜裡熠熠的閃動，語音卻還是忍不住的帶著一點輕顫。「妳的王國與圖柏斯國，早在六百年前就已經覆滅了，那位王子也早就不在人世。」

「不，他在的。」談及王子的少女此時顯得異常平靜，神色帶了幾分難以言喻的無奈。「有可以讓他一直活到現在的方法，他如今還在的。就在這個島上。」

「……怎麼可能？」蘭薩特一臉難以置信，覺得事情的發展簡直越來越荒誕。「那妳

為什麼不自己去找他？」

「我出不去……那些人把我封印在這裡，我出不去。」維朵爾瑩白的身影慢慢淡了，如螢火一般融進烏黑的霧裡。「就讓我自私最後這麼一次，也是為了你的那位女孩……你讓我見見他吧，拜託你了……」

聲音彷彿深夜裡夜鶯婉轉的啼叫，幾度縈繞，最終隨著少女緩慢消逝的身影，化在了泛著腐木味的空氣裡。四周恢復了死一般的寂靜。

蘭薩特站在原地，混合著塵埃的風將臉頰颳得生疼，他幾欲覺得所有的一切都只是自己經歷了一場奇妙又詭譎的夢境。

六百年前圖柏斯國的王子，現在還在這個島上生活著？

這怎麼可能……

他心神恍惚的走出鐘塔，險些被地上突起的碎石絆倒。

那位自稱維朵爾公主的幽靈所說的話，真的是可以信任的嗎……？難道他真的要那麼荒唐的去找那個覆滅了數百年的古國王子？

驀地，蘭薩特腳下一頓，幽靈公主剛才說的那些話，在他腦海中迴響了起來。

——這麼下去，那女孩會死的。

——或許圖柏斯國的王子會清楚救她的方法。

蘭薩特驟然咬牙，攢緊了拳頭。

他只有這麼一條路可以走，就算那條路通往深不見底的地獄又怎樣？為了夏憐歌，他依然會堅定不移的走下去。

◇　◇　◇

回到事務廳時已經接近凌晨兩點，蘭薩特焦躁的按了按鼻梁，打電話讓學生會裡還在整理東西的成員調來了一些建校資料。

如果那位公主說的是真的，說不定能從建校以前的記錄裡找到一點關於圖柏斯王子的線索來……

搬來的一疊疊資料全用上了桐油的羊皮紙裹藏，放在防腐用的赤松木箱子裡。蘭薩特一頁一頁的翻著，越翻心情越加煩躁。別說這些資料了，就是在一些古老的史書上，也幾乎找不到和那王子有關的記載，簡直就像那些資料硬是被人消除了一般。

蘭薩特有些沮喪的嘆了一聲，整個人靠上了沙發柔軟的椅背，抬起手來捏了捏鼻梁。

說起來，如果那位王子真的可以活這麼長時間的話，為了掩人耳目，的確是會把跟自己有關的重要資料都抹殺掉的……感覺搜索難度又加大了的樣子。

蘭薩特呆呆的望著懸在高處的吊燈，暖黃的光彷彿化出了幻覺，夏憐歌的臉龐逐漸浮現在眼前。

他倏地坐直了身子拍拍臉頰。無論有多麼困難，他都不會放棄的！要不然、要不然夏憐歌就……

蘭薩特不敢再細想下去，低下了頭重新將自己埋在書海之中。

十秋在第二天一大早就過來了，一走進事務廳就被裡面的景象嚇了一跳，防腐藥劑的味道熏得他渾身不自在。蘭薩特就坐在這一堆資料中繃緊了神情，眼睛周邊泛開了一圈淡淡的黑色。

十秋皺了皺眉，揮手掃開了灰塵朝蘭薩特走過去。「彼方，你在搞什麼？」

「啊，朔月，你來了。」似乎剛剛才察覺到十秋的出現，蘭薩特放下手裡的資料，有些疲憊的仰頭靠在椅背上。

十秋傍著他身邊坐下，好整以暇的拿過一份東西掃了兩眼。「你怎麼在看這些？出什麼事了？」

亮金色的頭髮順著椅背垂了下來，蘭薩特抬起手蓋在額頭上，無神的望著天花板，上面描繪的油畫彷彿幻化成了魔獸，伸長了尖銳的爪在眼前來來回回的舞動著。

他眨了眨瘦澀的眼，依舊一副板滯的模樣。「朔月，你說……這個世界除了吸血鬼之外，還有什麼東西可以長生不老？」

「長生不老？」十秋愣了一下，反問：「你問這個幹嘛？」

「有嗎？」蘭薩特又問了一句。

十秋沉默的看著他，用食指抵著下頷，側過頭思考了一陣後，答道：「以前好像聽說過，有人擁有過一種ESP，一種能夠停住所有生物時間的ESP……」

——停住自己身上的時間，便可以讓自己從此停止生長，面孔不會被歲月侵蝕，在無窮無盡的時間裡，一直活下去。

「停住生物時間的……ESP？」蘭薩特揉了揉太陽穴，默默整理著腦海中亂七八糟的思緒。

十秋斂起了眉，問道：「你為什麼突然想找這種東西？」

「我昨晚去了鐘樓……我在那裡，見到了賽爾雅緹的公主。」

蘭薩特伸手去取茶几上的茶杯。十秋見他搆不著，便端過來湊到了他的脣旁邊，接著問道：「然後呢？」

蘭薩特習以為常的就著他的手啜了一口茶，把在鐘樓裡見到維朵爾公主的事情一一跟十秋說了一遍。十秋的眉頭越縮越緊，忍不住輕聲低喃起來：「維朵爾……公主嗎？」

「王子會不會就是擁有這樣的ESP？」蘭薩特看向十秋。

十秋回過神來，好像在考慮著什麼事情似的。「如果公主這麼說，那可能的確是這樣。」他頓了一下，又問：「你要去找這個人？」

腦海裡突然浮現出平時夏憐歌生龍活虎的模樣，蘭薩特點了點頭答道：「是。」

十秋又隨便拾了幾張零碎的文件捏在手裡看，食指抵著鼻尖不知在思索什麼。好半晌才像是做出了什麼重大決定一樣抬起頭來，無奈的笑了起來：「那我幫你一起去試著找吧。這事你跟其他人說過沒？」

「沒有。」

「那好，明天我就讓蒲賽里德安排人手去調查關於停止生物時間的ESP的事。」說罷，十秋站起身來，開始整理起堆得亂七八糟的檔案，然後又取了件外套披在蘭薩特肩上。「你看了一整晚也累了，先去休息，我守著你。」

聽他這麼一說，一直緊繃著神經的蘭薩特突然放鬆下來，眼皮像被灌入了鉛一樣漸漸沉重。他打了個哈欠，有些無神的點點頭，就站起來拖著疲倦的步伐往內室走了過去。

◇◇◇

夏憐歌最近總是病懨懨的，整個人就跟曬不到陽光的植物一樣，成天都縮在宿舍的被窩裡睡覺。莫西經常拿著一大堆（哈密瓜口味的）甜品來看她，順便跟她提了一些蘭薩特的近況，夏憐歌安靜的聽著，感覺自己好像就這樣一直看著蘭薩特到處忙碌著，而他也一直陪伴在自己身邊，從來都沒有離開過。

有時候想得深了，她的嘴角便不由自主的泛起一絲笑意。

「哎……完全想不明白那些少女的屍體是怎麼回事啊。」莫西一邊吃著他帶給夏憐歌的甜品，一邊若有所思的喃喃自語。

夏憐歌聽得一驚，立刻就探過身子問道：「怎麼回事？屍體？」

「啊，妳還不知道哦？」莫西頓了一下，把在舊雕像公園的地陷中發現那些奇怪屍體的事，完完全全的告訴了她。

夏憐歌越聽眉頭鎖得越深。這到底是怎麼一回事啊……當初愛麗絲事件的一大堆疑點都還沒有弄清楚呢，現在又突然出現那麼多屍體……黑騎士聯盟到底在幹什麼？

等到莫西走了之後，夏憐歌心裡那隻名為「好奇」的小怪物又開始磨爪子。弄清這事的真相的話……搞不好可以找到一點和黑騎士聯盟有關的線索？

抱著這樣子的心理，夏憐歌硬是強迫自己打起精神，在連續幾天窩在宿舍裡之後，終於打開門踏了出去。

既然屍體是在舊雕像公園找到的，夏憐歌就想去那邊查看一下，即使那裡曾經給自己留下了非常不好的回憶。可是後來走著走著，不知道為什麼卻來到了十秋設計的那個花園

迷宮前，她看著那塊蓋住洞口長滿苔蘚的木板發了一會呆，等回過神來的時候，已經來到了那個花園裡面。

……簡直就好像是有什麼東西在引誘她進來一般。

如果不算上那次被兔子雕像追趕的惡夢的話，這是她第二次進入這個花園裡。

依舊是遍地繁華，漫天彩霞，可不知為何，如今她再看到這些景象，卻只覺得到處都透出了一股森森的鬼氣，也不曉得是不是那個夢的後遺症。

夏憐歌現在正站在迷宮的入口處，她也不敢深入，本來打算立刻就離開的，結果卻被擺在附近的蘑菇桌上的一樣東西吸引了注意力。

她走近去看，是一本厚厚的筆記本，黑色的，和周圍那絢麗的色彩毫不搭調，所以特別顯眼。

夏憐歌好奇的將它拿了起來，發現書脊上寫著一個大大的「⑤」。

再隨手翻開幾頁時，裡面密密麻麻的字和紅紅綠綠的批註不禁讓她的額上滑下了幾根黑線。

這不就是……莫西用來記錄那些奇怪傳說的筆記嗎？！看樣子那不長心眼的傢伙又把東西丟這裡了。話說你幹嘛老是要跑進這迷宮裡來啦！這詭異的地方真的有那麼好嗎？

夏憐歌撇撇嘴，拿著本子一頁一頁的往後翻去。不過話說回來，莫西這筆記倒也做得挺有趣呀……無聊時拿來當休閒讀物也不錯。

這樣想著，夏憐歌不知不覺就被裡面那些稀奇古怪的故事吸引住了，一時間竟忘了自己此次出門的目的。

「嗚哇，有沒有這麼誇張啊……復生什麼的。」夏憐歌一邊津津有味的看著，一邊又不禁對裡面的內容感到咋舌。

她現在翻到的這一頁講的是令人死而復生的方法。

莫西用紅筆在上面寫了，這個是他以前在整理學院圖書館裡的廢棄書籍時，偶然從一卷泛著灰黃的羊皮書裡看到的，但由於這卷書過於殘破，裡面好多資訊都已經缺失了，所以他只能簡單的將上面所提到的一些步驟記錄下來，而這個所謂的「復生術」是從什麼年代什麼地方流傳開來的，至今也已經不可考了。

——讓「復生術」得以成功的必備之物只有兩種。

——之一是死者的靈魂，之二是承載靈魂的「容器」。

——這個「容器」指的是活生生的人的軀體。

夏憐歌越看越覺得眼熟，這個「復生術」她之前好像也在哪聽說過……

唔……在十秋家遇見那隻傲嬌的貓妖的時候，牠的確也說過要將她的身體當成容器什麼的。

想到這，她情不自禁的打了個冷顫，急忙將貓妖那嗜血的眼神從腦海裡驅逐出去，低

頭繼續往下看。

——但是接下來的步驟才是最為關鍵的。

——要讓那活著的「容器」真正為「死者」所用，必須在「容器」中植入「死者」的記憶。

欸欸？植入記憶？那就是……

——將「容器」本身的意識全部抹殺。

夏憐歌頓了一下，這樣子的話……「容器」其實跟死了也沒區別吧？就是為了復活一個人，必須拿另外一個人當祭品的意思嗎？

——然而人的意識是既脆弱又強大的東西，為了自我保護，它會不顧一切的對侵略者進行狙殺。

——所以在植入過程中，「容器」會有很大機率和「死者」的記憶產生排斥現象。

——而一旦出現這種現象，此「容器」即為失敗品。

關於「復活術」的記載就到此為止了。

變成失敗品的「容器」下場會怎樣呢？莫西的筆記上沒有寫出來，想必在那卷過於殘舊的羊皮書上也已經找不到答案了。

夏憐歌盯著那本筆記久久不語，一種難以言喻的情感在心裡蔓延了開來。

「嘻嘻。」

就在這時，耳畔突然傳來了一個清脆如落地鈴噹的輕笑聲。冰冷的氣息拂過臉頰，夏憐歌驚了一跳，整個人頓時像隻瞧見天敵的小野貓般往一旁彈了過去。

「怎麼膽子那麼小啊，嘻嘻。」

夏憐歌撫著胸口定下神來，發現來者是一位身材嬌小的少女，長長的金髮披散在身後，正彎著一雙湛如大海的藍眼睛對著她笑。

也不知道她是什麼時候來的，走路竟一點聲音都沒有。

而且……夏憐歌可以肯定自己並未見過這位少女，但是卻莫名的覺得對方看起來異常面熟。

「妳在看什麼呀？」

夏憐歌還未反應過來，就見眼前的少女將手背在身後，忽然朝她湊過來。夏憐歌一個條件反射就將筆記抱回懷裡，小聲說道：「沒、沒什麼，無聊的東西而已。」

不過下一秒，夏憐歌就對自己的反應過度汗顏了，其實就算被少女知道她在看什麼也無所謂吧，這樣反而搞得她好像在讀什麼不良刊物一樣……

「喔喔。」金髮的少女似乎並不怎麼在意夏憐歌的反應，自顧自的就在夏憐歌身邊坐了下來，也不再說話了。

滿頭黑線的夏憐歌只覺得氣氛一下子凝重了。

為了解救陷入這種尷尬氣氛中的自己，夏憐歌只好隨口找了個話題：「說起來，妳是什麼時候進來的啊？我都沒注意到呢。」

少女愣了幾秒，忽而莞爾：「我在這裡已經好久了，只是沒人發現我而已。」說著，她頓了一下，又道：「欸……也不是啦，我最近被人找到了哦。」

……欸？

夏憐歌發覺自己跟不太上對方的思路了。這學院的人怎麼都這麼奇怪啊，說話跟打啞謎似的。

於是她順著對方的話敷衍了一句：「嗯嗯，找到了就好。」

那邊的少女卻突然低聲笑了起來：「可是就算找到了……我也沒辦法回去了呀。」

「咦？為什麼？」

「因為我不再是『我』了。」她又抬起食指靠近脣邊，朝夏憐歌神秘一笑。「我現在啊，是維朵爾了喲。」

啊……

經她這麼一說，夏憐歌才想起來剛剛自己對她的眼熟感是怎麼回事了。

這位少女長得非常像維朵爾。

就和之前一樣，她也覺得愛麗絲長得很像那位神情悲戚的公主。

但僅僅只是像而已，她們絕對不會是維朵爾公主本人。

想到這，夏憐歌越加困惑，總覺得眼前這人一瞬間變得詭異起來，忍不住稍稍的往後縮了縮身子。

那少女似乎沒有注意到夏憐歌的舉動，不一會兒又抱著腦袋垂下頭去，像是在說給她聽又像是在喃喃自語：「啊，啊，啊，可是我終究還是成不了真正的維朵爾，我還是……我最後還是……」

「喂……那、那個，妳……」夏憐歌已經察覺到不對勁了，她站起了身子本想直接逃走，可是又耐不住內心人道主義的譴責，只得一咬牙，硬是壓制住自己想要逃跑的欲望，扯起僵硬的嘴角，小心翼翼的問道：「妳沒事吧？哪、哪裡不舒服嗎……」

話音剛落，那少女倏地停住了動作，兩秒之後又開始「嘻嘻嘻」的笑了起來。

但說實話夏憐歌已經聽不出那究竟是在笑還是在哭了。

她嚥了下口水，心想還是走為上策吧。只可惜她前腳剛踏出，旁邊的少女就猛地抬起了頭——

原本漂亮的藍眼睛此時像是要凸出來般勉強掛在眼眶裡，但泛著黑色的眼窩卻深深的陷了下去，她咧著嘴，上翹的脣角好似被人撕了開來，有黏稠的血液從她那長滿尖牙的嘴裡緩緩流出。

夏憐歌多麼希望這次又是自己在做夢。

少女在笑著，五官和四肢像安不穩的機械零件般鬆垮垮的搖晃了起來，聲音從她那大開的嘴裡漏出，一字一頓的：「妳，也，會，變，得，跟，我，一，樣，喲。」

然後她的眼睛就「咕嚕」一聲滾到了夏憐歌的腳邊，嘴巴也跟著掉了下來，像隻瀕死的老鼠一樣在地上一邊爬動掙扎，一邊「嘰嘰嘻嘰嘻嘻嘻」的叫著。

夏憐歌此時連尖叫的時間都沒有了，雙腿一邁就朝洞口奔了過去。

迷宮那個本來就窄小的洞口，如今似乎變得更加狹隘了，她原本是貓著腰在跑，可到了後來竟成了爬行前進。黑漆漆的洞穴好似一瞬間活了過來，濕滑冰冷的四壁不斷擠壓著身體，她感覺自己好像是在人的腸道裡蠕動，連吸入肺中的空氣都差點被擰了出來。

那怪物是不是有在身後追趕，她已經沒有力氣去注意了。

好不容易爬出洞口，夏憐歌手慌腳亂的拿起那塊老舊的木板將洞口密密實實的封住，也沒有多餘的時間來在意這東西牢不牢固，整個人壓在上面不斷喘著粗氣。

搞什麼！這地方為什麼那麼邪門啊！每次來這裡都沒遇見什麼好事！

這樣想著，她還沒來得及鬆懈下精神，就感覺身後的木板驟然被人撞擊了一下，力氣之大，讓她差點以為自己的身體連著那木板被貫穿了，緊接著就有一個幽幽的女聲響在耳旁，好像說話的人現在正趴在她的背後——

「嘻嘻，妳也會和我們一樣的喲。」

她甚至感覺有一雙冰涼的手緩緩撫上了自己的鎖骨。

「到最後，妳也會和我們——」

「嗚哇哇！」

夏憐歌幾乎是連滾帶爬的從那洞口邊逃了開去，烏漆抹黑的洞穴立即隨著失去支撐而傾倒下來的木板呈現在眼前。她原本以為那怪獸會張大了血口朝自己撲過來，然而等了好一會兒，恢復了正常狀態的洞口仍舊是風平浪靜的，她急速跳動的心臟才稍微緩了下來。

真是的……早知道就繼續待在宿舍裡睡覺不出來了，為什麼她老是遇到這種事啊？

本來她的身體最近就一直不太舒服，被剛剛那麼一嚇，這時更像是坐了幾百回的雲霄飛車一樣，雖然想要理清方才發生的事，可是腦袋暈乎乎的，身子越發軟得如鋪了一地的棉花。

她就這樣大字型的躺在草地上，大口大口的喘著粗氣，炫目的太陽懸掛在頭頂慢悠悠的轉，她覺得自己的知覺正在消失，四周開始緩慢的沉入到一片沒有聲光的沼澤裡。

要不是恰好撞見了返回來拿筆記的莫西，夏憐歌或許就這樣停止了呼吸。

◇　◇　◇

夏憐歌又開始做夢。

夢境裡她穿著繁複又沉重的華貴服飾，感覺自己像一隻被拴住了翅膀的鳥，周遭的人們對她虔誠跪拜，他們用機械而冰冷的聲音稱呼她：公主，公主，維朵爾公主。

夏憐歌藉著維朵爾的視角，做了這樣一個非常長的、像經歷了一整個世紀般的古老的夢。

「維朵爾公主，請不要再跟圖柏斯國的那個王子來往了，您知道，我們兩國的關係從一開始就不好……」

「最近圖柏斯國總是有意無意的觸犯著我國的領土，我看他根本就是在利用您打聽情報，公主，要是被您父王知道的話……」

「維朵爾，聽聽母后的話好嗎？不要再見他了，你們從一開始就是不可能的。陛下已經在為妳挑選理想的夫婿人選了……」

吵死了。吵死了。

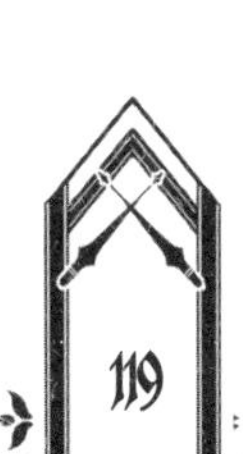

聲音彷彿來自壞掉的答錄機，在耳邊嘰嘰喳喳的響，然後漸漸的，越變越尖銳，越變越刺耳。夏憐歌捂住了耳朵，開始竭盡全力的向前奔跑。

四周的場景像跳了針的電影一樣一下子變了。她飛奔在一片一望無際的麥田裡，壓彎了麥稈的稻穗在暖風裡輕輕的晃著，天空湛藍得幾乎要讓人落下淚來。背光而立的少年站在地平線的盡頭，他說：「維朵爾，只要時機一到，我就帶妳走。」

並不屬於夏憐歌的喜悅與期待，瞬間在心底像焰火一般迅速的燃燒了開來，她加快了腳步，裙襬拖在身後嘩啦啦的響，模糊了面容的少年在輕輕的笑，他朝她伸出了手。

然而就在她即將落入對方的懷中之時，場景又變了。

將雲翳燒成血色的戰火，踏碎頭骨的傷馬，持槍對峙的騎兵，令人彷徨的尖叫與哭泣聲，預示著戰爭打響的號角撕毀了她的世界。這些鏡頭被拉得無比得長，腥膩的鮮血蔓延上腳踝，銳利的劍鋒割破了衣袖，瀰漫著死亡氣息的黑霧蒙住了雙眼，她卻還是停不下來的繼續奔跑，她想逃出這個充滿了硝煙和絕望的地方。

突然腳下一個踉蹌，她摔在了冰冷潮濕的石磚上，四周的景色又切換了。

指針走動的巨大響聲從頭頂上方傳來，夏憐歌抬起頭往四周望了望，發現自己正位於那個寬闊又恢弘的鐘塔之內。

銅門被嚴嚴實實的關起，一縷血橙色的陽光從門隙裡透了進來，隱隱有塵埃浮動的痕跡，在光線裡劃出了各式各樣的形狀。

她走上前，將眼睛靠近門縫往外望了過去，意外的發現那裡正站著一個人。

從身高看起來只是一個八、九歲的孩子，夏憐歌並不認識他，然而身體卻不聽從自己的想法，她激動的拍打著銅門大叫了起來，外頭的鐵鏈被撞得匡啷作響。

「圖斯！圖斯！殿下他還好嗎？你的母后……有沒有對他怎樣？」

男孩沉默了一陣才張開了口，帶著稚氣的聲音卻清冷得嚇人：「……哥哥被囚禁在祭祀用的巨鳥籠裡，母后打算在戰爭結束之後就將他處死。」

「怎麼……怎麼這樣……殿下他明明什麼都沒做……」聲音裡帶進了哭腔，她陡然對眼前這個男孩生出了不知名的怨恨。「圖斯，你……」

「請妳放心，公主。」男孩似乎看穿了她的想法。「想要篡位的是我的母后，而並非我。我會傾盡一切來救出哥哥的。」

說著，他突然頓了一下：「公主，這次來，哥哥讓我帶了口信給妳。」

他轉過身，看不清感情的眼眸，在夕陽的餘暉下閃爍著如狐火般幽幽的綠光。

「待他自由了之後，他就會來救妳。不管用什麼辦法，他一定會來帶妳走。」

話音剛落，時光又跳轉了。

門外的男孩早已不見蹤影。她還是待在那個空曠得讓人寂寞的鐘樓裡，但是這次，銅門被微微的推開了一條小縫。有人從這間隙裡遞進來一杯酒，她不明所以的拿起酒杯，裡面清澈的液體滲涼了指尖。

外面有一個蒼老的女聲在低低的哭泣：「維朵爾，維朵爾，我的孩子……」

她沒有多想，舉起酒杯一飲而盡。

結果，在她那位朝思暮想的少年還沒來得及帶自己遠走高飛的時候，就有人將戰敗的過失全部推到這位高貴的公主身上。

「她出生時天空出現了兩輪明月，這從一開始就是不祥之兆啊！」

「這場戰爭就是她和鄰國的王子一起挑起的！」

「她是禍國殃民的魔女！」

「是魔女啊！她是魔女！」

而國王為了平息百姓的憤怒，只能壓抑下一己私情，揮手賜她以死罪。

在墜下的酒杯碰觸到地面之時，周圍的光影一瞬熄滅了。

到此，夢境結束。

◇　◇　◇

夏憐歌一下子驚醒過來。

額頭上冷汗涔涔，她抬頭望了眼四周的環境，是在宿舍裡軟綿綿的雙人床上。

頭痛得好像就要炸裂開來一樣，她扶著腦袋拚命回想著，剛剛在迷迷糊糊中……好像是被莫西帶回了宿舍，然後他又打電話叫了幾個醫生過來，在確定她沒什麼大礙後便全都回去了，放自己一個人休息。

不過不管怎麼樣，她現在確實是從那個古老的夢境裡清醒過來了。

在確定了這個事實之後，夏憐歌才稍微放鬆下來吁了口氣。

然而下一秒，夢中一個片段倏地在腦海裡閃過，她一下子又繃緊了所有的神經。

她想起來了，之前跟莫西到十秋家裡的時候，曾經在十秋房間裡看過一個自製的袖珍鳥籠，當時莫西就說了，這個鳥籠應該是根據島上被囚禁的王子這個傳說製作而成，而鳥籠下面還刻了這麼一句話——

I will come to save you.

Twos.

圖斯！

而且……而且在夢境裡，那名叫圖斯的男孩右眼跟十秋一樣……

泛著幽幽的綠光。

夏憐歌猛地掀開被子從床上跳了起來，胡亂往身上套上了校服就向事務廳跑過去。

一路上風把臉頰颳得生疼，她根本無法理清腦中亂成麻線的思緒。在花園迷宮中遇到

的那個奇怪的少女就先不去理會了，現在最主要的是那個夢境！

在夢裡出現的兩個國家，應該就是六百年前的賽爾雅緹與圖柏斯。如果那個名叫圖斯的男孩就是十秋的話，那他究竟是使用了什麼方法才可以一直活到現在的……

他的目的又是什麼？

氣喘吁吁的來到事務廳時，夏憐歌發現門半掩著。她小心翼翼的探了探頭，裡面並沒有人，地上卻堆著一疊疊散發著防腐氣味的泛黃資料。

夏憐歌心想，蘭薩特可能在裡頭睡著了，也不敢出聲喚他，逕自就往內室走了過去。

果不其然，蘭薩特靠在沙發床上睡得正沉，十秋偎在旁邊坐著，低抑著聲音，不知道在跟他說著什麼。

夏憐歌心中陡然一跳，也沒來得及思索，就慌忙推開門闖了進去。

十秋的說話聲戛然而止，轉過頭定定的看向來人，神色平靜又冷漠，見是夏憐歌，他才緩和了眼中的警惕，輕聲說了句「是妳啊」，雙手扶著蘭薩特的肩膀，小心翼翼的放他躺下。

夏憐歌沒平復下來，心裡怦怦的跳。「十秋，你在幹嘛……」

「沒，彼方他剛剛才睡下。」十秋不閃不縮的看著她。「妳來幹什麼？」

她臉色古怪的看著十秋，下意識的撒起了謊：「蘭……蘭薩特叫我來的。」

「彼方讓妳來？」十秋眯起了雙眼。「發生什麼事了嗎？」

「我不知道……」聲音越來越小，夏憐歌情不自禁的往後退了一步。

「……是嗎？」看著她這樣的反應，十秋輕笑了一聲，抬手扶了扶眼鏡。「那妳先回去吧，等他醒來我再叫人去接妳過來。」

「不、不需要！」心中的不安越發厲害，但是夏憐歌仍鼓足了勇氣，眼神堅定的對十秋說：「我……我也在這裡守著他吧。」

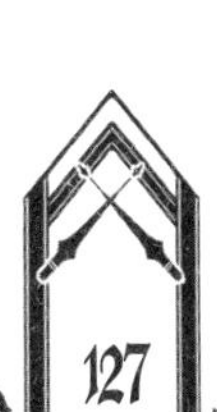

「嗯？」十秋露出了異樣的表情。

「啊對……要不然讓我替你的班吧，我剛睡醒過來了！你也累了……」夏憐歌殷切的看著他，絲毫沒有離開的意思。

十秋與她對視了半晌後，這才從沙發上站起身來。與她擦肩而過時，他稍微頓了下腳步：「那好吧，剛好我家裡也有點事。」

說著，他又回過頭看著蘭薩特溫聲道：「彼方，好夢。」

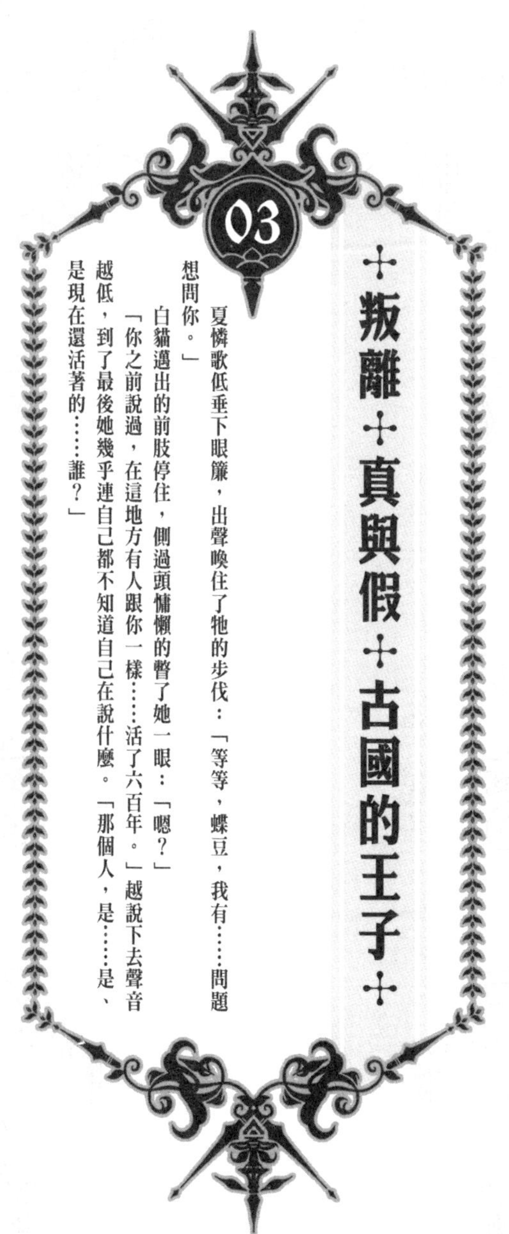

03 叛離✢真與假✢古國的王子

夏憐歌低垂下眼簾，出聲喚住了牠的步伐：「等等，蝶豆，我有……問題想問你。」

白貓邁出的前肢停住，側過頭慵懶的瞥了她一眼：「嗯？」

「你之前說過，在這地方有人跟你一樣……活了六百年。」越說下去聲音越低，到了最後她幾乎連自己都不知道自己在說什麼。「那個人，是……是、是現在還活著的……誰？」

✢ The Prince from the Ancient Civilization. ✢

蘭薩特迷迷糊糊的醒過來的時候發現十秋已經不在了，而不知什麼時候到來的夏憐歌正捧著一本繪本坐在身邊，也不清楚她究竟看懂了沒有，滿臉盡是晦澀的表情。

她一聽見響動，趕忙直起身子來看，與蘭薩特的視線一碰卻又縮了一下，將繪本往桌面上輕輕一蓋，問道：「你醒了？」

「妳怎麼來了……」一看到她那蒼白的臉色，蘭薩特忍不住皺起了眉頭，巡了一眼房間又開口問道：「朔月呢？」

……就這麼不願意見到她嗎？

夏憐歌輕輕的垂下了頭，連聲音都壓低了起來：「他剛才說家裡有事……」

「是這樣嗎……」蘭薩特草率的應了聲，披著外衣坐起身來。「那妳回去休息吧，我睡醒了。」

說著，他看也不看她一眼，仰起頭伸了伸懶腰。「妳出去的時候，順便讓外面的人幫我叫紅棗過來吧。」

心臟被他的這些話激得一震，夏憐歌一下子忘了自己來找蘭薩特的目的，站起身就指著他的鼻尖大吼出聲：「對不起！閣下。我不再是你的騎士了，你的話我沒義務遵循！就這樣吧！打擾了！」

她轉過身，氣沖沖的甩門跑了出去，匡啷一聲巨響在偌大又寂靜的事務廳裡顯得異常突兀。

蘭薩特獨自坐在那裡，剛睡醒的眼睛並不太能適應光線，他乾脆閉上雙眼懶洋洋的靠在椅背上，總感覺心裡有什麼東西在不斷往下墜。

沒過一會兒，門又喀嚓一聲開了。蘭薩特想大概是夏憐歌又跑回來了，不知怎麼的一下子感到有些竊喜，卻又拚命的抑住自己的情緒，做出一副不耐煩的表情，他睜開了雙眸，看見紅棗一臉乖巧的站在面前。

「閣下，您找我？」

心中的喜悅瞬間空了。

他往門外看了一眼，那裡空蕩蕩的，並沒有自己想見的人。

「……沒事了，妳先回去吧。」蘭薩特垂低了眼眸，將臉龐深深的埋進雙手之中。

◇◇◇

幫忙蘭薩特將紅棗叫了過去之後，夏憐歌就一個人走在路上無所事事的踢著小石子。她抬頭望了一眼奪目的日光，氣鼓鼓的想乾脆回宿舍繼續睡覺算了。

剛走到北角大道，一輛車倏地從拐彎處橫衝直撞的開了出來，夏憐歌立刻像隻被蛇盯住的青蛙一樣嚇得立在原地動彈不得，那車急急的煞住了油門，輪胎拖著地面發出了一聲又長又刺耳的吱呀聲。

夏憐歌的臉色煞白煞白的，定睛一看，才發現那車上裝飾著教師專用的徽章。下一秒，莫西從被搖下的車窗裡探出了頭，急切的表情裡透出了一絲愧疚：「抱歉啊夏憐歌，沒嚇著妳吧？」

下一秒他又驚訝的「欸」了一聲，然後問道：「妳不是在宿舍裡休息嗎？身體差成那樣幹嘛還出來亂跑？！」

「沒……」夏憐歌定了下心神，立刻又變得無精打采起來。「我無聊嘛……發生什麼事了嗎？你怎麼這麼著急？」

莫西開門讓她坐進後座，神色裡充滿了焦躁與擔憂。「我從蒲賽里德那聽說十秋閣下的母親病了……也不清楚他知不知道，就想著來通知他。」

「欸……他剛才說家裡有點事，應該已經回去了。」夏憐歌靠在柔軟的座椅上。一提到十秋，她才驀地想起自己到事務廳來的目的，然而經過一段時間的冷靜，原本的懷疑也開始變得不明朗起來。

那只不過是自己的一個夢境……而且擁有幽綠色瞳眸的人也多得是，鳥籠的事也可能只是一個巧合，似乎並不能以此確定，十秋就是夢中那名叫圖斯的男孩。

可是，一想起早上在事務廳裡見到他跟蘭薩特在一起的那一幕，夏憐歌心裡卻怎麼都舒服不起來。他到底在跟睡著的蘭薩特說什麼？他明明知道蘭薩特一旦陷入沉睡就會……不對，畢竟他們兩人在一起這麼多年了，如果想加害蘭薩特，又何必等到現在？

越想越亂，夏憐歌簡直覺得自己腦袋中突然多了一大堆打不開的死結，想要好好整理，卻不知道應該從哪裡開始下手。

「也不知道十秋伯母現在怎麼樣……」莫西一副鬱結的模樣。「每次閣下回去，總得受點兒苦……」

腦海裡頓時閃過一個激靈，夏憐歌試探性的提議道：「要不然我們到圖柏島上看看，順便探望一下伯母？」

「這……這樣好嗎？」莫西似乎有些為難。「而且妳的身體……」

「我沒事！走吧，有什麼不好的！」

也不等他回話，夏憐歌就逕自以莫西的名義打電話讓人安排接送的私人飛機過來，又吩咐司機往南港碼頭開了過去。

◇ ◇ ◇

再一次來到圖柏島，夏憐歌還是無法習慣島上這一片蔥郁到嚇人的樹林，簡直讓人覺得，凡是進入這裡的所有活物，都會被這些叫不出名字的植物啃噬精光一樣。

接近十秋宅邸的時候，兩人就隱約聽見從裡面傳來的吵鬧和物體碰撞聲。佳代正站在門口，微微欠腰等候他們，滿臉都是憔悴又惶恐的神色，原先的冷漠鎮定早已不復存在。

一見到莫西，佳代一邊為二人領路，一邊稍微跟他們提了些十秋母親的情況，說是十秋回來時情況就已經很糟糕了，夫人一個人在屋子裡哭得呼天搶地，誰都按不住。

「平時只要十秋少爺回來了就好了，但是這次卻……夫人還動手打了少爺，我們、我們都……」佳代有些為難的擦拭了一下臉頰。「都是我服侍得不夠周到……」

莫西臉上顯出幾分歉意。「抱歉，這種情況我們還來打擾，真是礙事了……」

對方搖了搖頭，也沒再說話，就是重重的嘆了一聲。

夏憐歌和莫西穿過正門，跟著佳代走進了一道僻靜的堂廊。外面是一片打理得井井有條的花園，火紅色的玫瑰開了遍地，伸展著枝葉，簇擁著一個不大不小的白石噴泉。花圃中央是一個清俊的男子雕像，單肩掛穗，意氣昂揚，屈膝跪在那噴泉的平臺上，似要伸手汲水。

夏憐歌看得出神，直到前面的莫西喚了一聲，她才回過神來，匆匆的跟了上去。

還沒到走廊盡頭，就聽見房間裡面有人在尖聲高叫著：「我的小朔……讓我見我的小朔！」

聲音淒厲得讓人膽顫心驚。

佳代驚了一跳，一臉急切的加快腳步跑進房間裡。女人歇斯底里的叫喊尖銳得彷彿要刺穿耳膜一樣。

「夫人……夫人，少爺就在這呢。」裡面傳來了幾聲輕聲細語的哄勸，卻一點也不奏效。緊接著就是東西摔在牆上撞碎掉的聲音，又是幾下高聲的尖叫，女人發瘋似的捶打著牆壁。

「他不是——他不是我的兒子！不是！你們一直找這人來騙我，他不是我的小朔！我的小朔呢，你們把他藏在哪裡了，讓我見見他！我的小朔呢——」

「夫人妳怎麼了……那、那就是十秋少爺啊，夫人——」佳代和幾名女僕一下子慌了手腳，只能竭盡全力的限制住女人的動作。

莫西和夏憐歌走到房門前，正好見到那婦人抄起了桌子上的杯子，狠狠的往安靜站在一旁的十秋砸了過去，布滿了血絲的眼睛像要裂開一樣瞪得通紅。

十秋也不閃躲，就這麼佇立在那兒看著她，夾雜著破空之音的杯子飛過來，砸在十秋的額角，匡啷一聲，那裡立即氤氳出了嫣紅的血氣，血珠從破開的傷痕裡汩汩流出。

看到這情形的莫西幾乎整個人都要跳了起來，連忙把十秋拉到一旁護著，慌手慌腳的從口袋裡掏出紙巾來。

「閣下，伯母病正犯著，你……你……你怎麼也不躲一下……」

說著，莫西仰起頭想替他拭去額上的血水，剛伸出的手卻被十秋不著痕跡的擋下。

十秋又看了正在嚎啕大哭的女人一眼，然後說：「沒關係，由著她吧。」

莫西也不知道應該說什麼好了，看著十秋的母親隨手抓起個東西又想扔過來，急忙小心翼翼的把十秋再往外拉出幾步，露出了個勉勉強強的笑容，安慰道：「等伯母清醒了就好，你也別太擔心了……」

十秋摘下沾染了血跡的眼鏡，表情無所謂得好像剛才發生的一切全部與他無關一般，連語調都是波瀾不驚的：「她現在已經相當清醒了。」

是的，表情冷漠，聲音平靜，再沒有之前看到血時那種焦躁和瘋狂。

夏憐歌瞬間露出了古怪的表情，脫口而出就問：「十秋你……不怕血了嗎？」

似乎這才反應過來，十秋一動不動的看著那染血的眼鏡，過了好久才彷彿釋然般的微微嘆了一聲：「大概是因為現在，就算不隱瞞也沒關係了吧。」

什麼意思……？

他好像在笑，又好像沒有。十秋也不再多看莫西和夏憐歌一眼，逕自轉身往屋外走了出去。

莫西喊了他幾句，有些為難的看了看夏憐歌，說是要去幫十秋包紮，就丟下她一個人跟在十秋身後跑了。

那邊的夫人見十秋走了，卻一點都沒有好轉，依舊瘋狂的大呼大叫著自己兒子的名字。房間裡的人都對此無可奈何，哄也不是鬧也不是。

夏憐歌有些尷尬的站在門口，看著十秋媽媽這般聲嘶力竭的叫嚷，心裡突然冒出了一絲異樣的感覺。

之前一直都好好的，為什麼她忽然就說十秋不是自己的兒子呢……

記憶再往前推一段時間，她聽蘭薩特和十秋家裡那名叫江梨子的小女僕說過，十秋小時候曾經從山崖上摔下去並且失蹤了兩個月，回來了之後卻因為失憶而性情大變，難不成

是失蹤的那段時間裡有什麼蹊蹺？

驀地，之前在山崖間見到的那個小時候的「十秋」的影像、以及白貓曾經說過的話，在腦海裡一閃而過，夏憐歌的心驟然一冷。

不……不會吧……

一邊這樣子默唸，夏憐歌一邊輕手輕腳的走進了房間。佳代和裡面的女僕們正忙著哄著十秋媽媽。原本稍微冷靜下來的十秋媽媽，一見到夏憐歌那張生面孔，又立即警惕了起來，尖利的聲音已經變得嘶啞不堪：「妳是誰！」

「伯母，妳不是在找小朔嗎？」夏憐歌放輕了聲音，像隻貓一樣一步一步的接近那婦人。「我是來幫妳找的。」

一聽到這話，十秋媽媽那原本充滿了怨恨的眼神瞬間軟了下來，她有些迷茫的側過了腦袋問道：「妳幫我找嗎……我的小朔，妳會幫我找到他嗎？」

夏憐歌慢慢的走過去將她攙扶到床上坐好，回過頭朝女僕們使了個眼色。一看到這情形，佳代急忙將那些女僕喚了出去，而自己在關上房門之前，也向夏憐歌微微的鞠了個躬。

十秋媽媽緊緊的拉住夏憐歌的手，滿臉都是無助又脆弱的樣子，連聲音都是顫巍巍的：「我的小朔，我的小朔是不是已經不在了……」

夏憐歌在床沿坐下，用手輕輕的順著她微彎的背試探道：「伯母，妳為什麼說那個人不是妳的小朔呢？」

十秋媽媽有些失神的喃喃著：「耳後的傷痕沒了……」

「什麼？」夏憐歌有些詫異。

「小朔還不會走路的時候耳後曾經受過傷……疤痕很深，但是那人沒有……我是這些天才發現的……」她像是想到了什麼恐怖的事情一樣抱著頭，原本平復下去的情緒又開始不安穩起來。「每個人都在騙我，他們都在騙我，那個人不是我的兒子……」

夏憐歌一瞬間呆住了，原本亂糟糟的腦海裡突然變成了一片空蕩蕩的白，剎那間她什麼事情都思考不了，只是看著十秋媽媽那低低啜泣著的身影，不知為何鼻尖也跟著泛起了酸意。

她挽著十秋媽媽瘦弱的手讓她躺下，低下了頭輕輕的哼起了搖籃曲，直至那名羸弱彷徨的婦人像個孩童般安詳的閉上了雙眼，微笑著沉溺進那美滿又芬芳的夢境中，緩緩的睡了過去。

◇　◇　◇

從十秋家的大宅出來之後，夏憐歌並沒有直接回到學院裡，而是跑去那片蔥郁到有如

迷宮的樹林裡逛了一圈。

當然有了前車之鑑，她也不敢進得太深，只在邊緣一邊遊晃一邊小聲的喊著：「那個……蝶豆？蝶豆？你在嗎？」

老實說，其實就算是到了現在，夏憐歌依然是畏懼於那隻貓妖的，可有些問題，她覺得自己非問清楚不可，即使對方仍舊有想要拿她的身體當「容器」的念頭。

夏憐歌鬼鬼祟祟的走在蒼茫的樹林裡四處張望，不過話說回來，在這樣幽森僻靜的環境裡，她也不敢大聲叫嚷啊……要是不小心把野獸招來了那該怎辦……

正在惱怒自己的膽怯時，夏憐歌的身側忽然一道白光閃過，她條件反射的回過頭去，眼前除了窸窸窣窣的落葉之外別無他物，然而頭頂卻傳來了一聲柔媚的冷哼：「爾等犬輩，還到此作甚？」

夏憐歌猛地抬起頭來，就看見通體雪白的貓妖正懶洋洋的趴在枝椏上，泛著瑩瑩藍光的眼瞳裡滿是倨傲和不屑。

真正見到牠時，夏憐歌卻一下子不知道該怎麼開口好。

那邊白貓眼珠子一轉，縱身一躍，輕巧的落在夏憐歌面前，問道：「莫非，汝是來為先前的失信贖罪？」

說罷，牠的心情好像一下子好了起來，昂起小腦袋轉過身去，豎起了尾巴。「那好，吾不妨再為汝帶一程路。」

夏憐歌似乎還聽見牠小聲的嘀咕了一句「朔月大概會歡喜於此吧」。

心裡驟然湧起了一陣強烈的愧疚感，夏憐歌低垂下眼簾，卻還是出聲喚住了牠的步伐：「等等，蝶豆，我有……問題想問你。」

白貓邁出的前肢停住，側過頭慵懶的瞥了她一眼：「嗯？」

「你之前說過，在這地方有人跟你一樣……活了六百年。」越說下去聲音越低，到了最後她幾乎連自己都不知道自己在說什麼。「那個人，是……是……是現在還活著的……十秋朔月？」

白貓就那樣停在那裡，用那種不知道是輕蔑抑或是憎恨的眼神看著她。

牠一動不動，好像整個世界的時間忽然在那一瞬間停止了。

夏憐歌也定定的盯著眼前的白貓，呼呼的冷風拂過耳畔，她屏住了呼吸，彷彿是在等待一件無比珍貴的寶物出現般，等待著牠的回答。

可是白貓什麼也沒有說。

牠轉過嬌小的身子正面對著夏憐歌坐下，毛茸茸的尾巴依舊在身後晃啊晃，臉上不以為意的表情讓人猜不透牠心裡在想什麼。

可越是如此夏憐歌越是害怕。

白貓問：「問此作甚？」

「……是十秋朔月嗎？那個活了六百年的人是十秋朔月嗎？」見牠沒有篤定的否認，夏憐歌一下子慌了，連聲音都不知不覺的提高起來。「不，或許不應該再叫他十秋朔月了……真正的十秋早在跌落山崖時就死了吧？我之前還以為他是『逃走』了的記憶……原來、原來……」

她像是在自言自語般低聲喃喃著。白貓看著她，雙眼微微的半瞇起來，過了好久，牠才又問了一句，語氣不鹹不淡：「汝喚我而來，僅是為此而已？」

「我……」夏憐歌一時語塞。

「哈。」白貓站起身，撇過頭尖利的笑了。「犬輩即為犬輩，吾怎會認為汝等小人會有贖罪之心。」

話音剛落，牠驀地睜裂起瞳孔，喉嚨裡發出了「嗚嗚」的巨大的低鳴，身上的毛髮好似針一樣立了起來。

那一瞬間，夏憐歌只覺得湧過身邊的風隨著倏地暗下來的天色開始越變越大，原本呼呼的細響化為了尖銳的嘯鳴，剎那間視野被漫天亂飛的樹葉和雜草掩蓋住了，四周的樹木幾欲被這強大的氣流折斷，夏憐歌不得不抬起手臂遮住雙眼，隱約中她好像看到一個巨大的白影出現在視線中，那像是一座從天而降的高山，強烈到足以見血的殺氣差點就讓她的心臟也跟著停止了。

「自私自利之犬輩，若不是看在朔月的面上，吾今日絕不會放過妳！」

聲音不再甜美清脆，而是變得有如野獸嘶吼一般令人心驚膽顫。

「滾！不要再涉及吾與朔月之領地！」

待到那風漸漸的小了，周圍的一切恢復原本平靜的樹林時，那隻白貓已經不見蹤影。

夏憐歌一個沒站穩，整個人有如脫力了一般頹倒在落滿了樹葉的草地上。

◇　◇　◇

跟莫西一起回學院的路上，夏憐歌一直心神恍惚，她甚至開始覺得周圍的一切沒有一個是真實的，自己還停留在那個六百年的古老夢境中，未曾醒來。

那隻白貓並未給她確切的答案，她也害怕真相真的如自己猜測一般，可是夏憐歌所見到的一切，又讓她不由自主的去相信自己。

莫西看她一副搖搖晃晃的樣子，有些擔心的撞了撞她的手肘，問道：「喂，夏憐歌，妳沒事吧？」

「沒……」夏憐歌隨意的敷衍了一句。

她的心中藏了一堆謎題，隨便哪一個都荒謬到讓她會從此懷疑人生的地步。但是現在，她卻不能對任何一人說出來。

夏憐歌理了理腦海中橫七豎八的思緒，忍不住在心裡默默的把自己所知道的線索全部列了出來。

十秋小時候曾經失蹤過一段時間，回來之後性情大變，甚至連他的ESP也是在那之後才擁有的……

而她又曾經在山崖間見過那個自稱「十秋朔月」的靈體。

夏憐歌不禁瞥了身邊的莫西一眼，這固執的傢伙一直堅持自己小時候的救命恩人就是十秋，但是十秋本人對此卻毫無記憶……

這僅僅只是十秋那一場失憶在作怪嗎？

還是……正如十秋媽媽所說的，也正如她自己所想的，現在的十秋並非她的兒子，她真正的骨肉——那個救起莫西的十秋，早就在小時候那場事故裡便已經死了？

然而，如果是這樣的話，這個從事故中回來的人又是誰？他為什麼能代替十秋家族長子的位置、一直扮演著「十秋朔月」這個角色？

他會是她在夢境裡見到的那個，六百年前的圖斯王子嗎？

夏憐歌緊鎖著雙眉，用食指指節輕輕的敲打著自己的額頭，她總覺得這中間好像還缺了一些她所不知道的細節和線索……

正當她想得出神的時候，耳畔忽然傳來了一聲輕浮的叫喚。

「嘿，小羊羔，在想什麼呢？」

她驚了一跳，一抬起頭，就看見蒲賽里德那張放大了無數倍的臉。夏憐歌立刻像是被揪住了尾巴的兔子一樣慘叫著退開了七、八米，而一旁的莫西早就逃得無影無蹤。

混蛋！叛徒！沒義氣！

夏憐歌一邊在心裡把莫西從上到下罵了一遍，一邊擺出警戒全開的模樣，冷冷瞥了眼蒲賽里德，問道：「你這傢伙跑到這地方幹嘛？」

「妳不覺得能夠相見是我們之間的緣分嗎？居然擺出這種反應，唉，太傷我心了。」

蒲賽里德攤開雙手，故意重重的嘆了一聲。

「誰跟你有緣啊！」夏憐歌簡直想抬腳直接往他臉上踹過去，但是一側頭，又看見他身後站著的一隊人馬。夏憐歌稍微壓抑了想要將這人往死裡揍的衝動。「……發生什麼事了？」

蒲賽里德恍然大悟的「啊」了一聲，一副剛剛想起正事的模樣。

……為什麼能有人討打到這種程度呢！

夏憐歌的額角忍不住爆出了一絲青筋。

蒲賽里德卻仍舊一臉笑嘻嘻的：「久原區那邊發生了山體坍塌呢，我正和人趕過去瞧瞧。」

「咦……又出事故了？」夏憐歌瞪大了眼睛。

「嗯，最近都發生好多起了。」蒲賽里德終於收起那副玩世不恭的表情，仰首若有所思的望了望灰濛濛的天空。「感覺起來……簡直就好像這個島嶼即將在不久後塌陷一樣。」

最後這句話不禁讓夏憐歌的心裡猛地一跳。

注意到她異樣的神色，蒲賽里德難得的露出了溫和的笑容，抬手拍了拍夏憐歌的肩膀安慰道：「開玩笑的呢，別放在心上。」

說著，他帶著身後的人就往事故發生地點趕了過去，一邊走一邊揚起了右手，聲音散在這漸濃的夜色裡。

「祝妳好運，小羊羔。」

◇　◇　◇

彷彿是觸動了什麼詛咒一般，奧克尼群島的地震和崩塌越來越頻繁，越來越嚴重，建於其上的薔薇帝國學院裡，甚至有多處建築開始損毀。亂得一團糟的理事會沒調查出頻頻發生事故的原因，暫時也找不到辦法來停止這些異動，迫不得已之下，已經發了正式通知，讓學院裡的學生及相關人員儘快從島上撤離。

沒過幾天，學院裡的人已經撤離了一大半。夏憐歌趴在窗臺上，看著逐漸冷清下來的宿舍，不知為何心裡總覺得有點不是滋味。

儲君和部分老師以及殿騎士聯盟一樣，是被安排在最後才走的。不過聽說莫西因為過於強烈的預感，身體一直高燒個不停，在昨天傍晚已經被送離島上。這樣一來，他的工作就壓到了儲君和殿騎士聯盟身上，蘭薩特一人也不知道能不能搞定……

一想到這，夏憐歌不由得愣了一下。

不對，十秋不也是儲君嗎……

但經過之前那些事情之後，她已經下意識的把十秋排除在外了。

夏憐歌又想起前些天早上去事務廳找蘭薩特時的情形，十秋不知道都跟睡著的蘭薩特說了些什麼……

如果十秋真的不是十秋朔月，而這個人想對蘭薩特不利的話……那、那她該怎麼辦？要不要跟蘭薩特說呢……

雖然現在只是猜測，她也決定了在找到確切證據之前不跟任何人提起，但……

越想心裡越亂，夏憐歌抓了抓頭髮，有些自暴自棄的哼了一聲，暗罵自己一句「真是多管閒事」，抓起放在床上的外套，急匆匆的往事務廳趕了過去。

◇　◇　◇

蘭薩特站在一條灰白色的寂靜走廊裡。

他愣了一下，有些不明所以的張望了一下四周，摔成碎片的留聲機遍地都是，前方是一片深不見底的黑暗，有如凝結起來的墨塊，堵在那裡阻隔了他的前進。

有另外一個「蘭薩特」站在那片黑暗裡。

欸？另外一個「我」？

蘭薩特皺了皺眉，剛想說些什麼的時候，黑暗裡那個無表情的「蘭薩特」開口了。

「你真的想要看嗎？」

「看什麼？」

「看那段被你埋葬起來的記憶。」

「被我埋葬的……？」他困惑的微側過頭。

對面的「蘭薩特」靜靜的看著他，半晌之後，忽而輕嘆出一口氣來：「你每次都這樣。」

——每次都興致勃勃的想將那段記憶挖出來，為此不惜和我大打一場。

——可是每次在看過之後，你又哭著求我重新把它藏起來。

——你每次都這樣。

尾音剛落，眼前突然泛起了一陣耀眼至極的白光，似要讓他的眼球燃燒起來，蘭薩特忍不住抬起手來擋住。

——既然你想看，那就給你看吧。

——我已經厭倦了。

白光突然一跳。

蘭薩特再睜開眼時，那條灰白的走廊已經不見了。

他此時飄浮在上空，像一個找不到安居之所的亡靈。腳底下有另外一個「他」正焦躁的尋索著什麼，面容看起來比現在稍微稚嫩一點。

而在不遠處，則是一場將整片土地染成血海的浩大戰爭。

蘭薩特的心頓時一顫，這是那段他在「幻想具現」事件中失去的記憶！

當時的他似乎正在尋找可以躲避的地方，當他跌跌撞撞的趕到鐘樓那邊的時候，眼前一個小小的身影引起了他的注意。

男孩臉上的惶恐頓時化為了驚喜。

而飄浮在半空的蘭薩特，看著那人的背影，心裡卻不知為何冒出了異樣的感覺。

那人穿著異常華貴的、並不屬於這個時代的衣服，他以前似乎也曾經在夢境裡見到過。

但是數年前的蘭薩特卻是高高興興的跑了上去，往他的肩膀一拍——

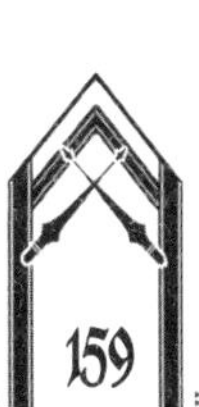

「嘿，在這裡見到你太好啦。」

那人回過了頭。

蘭薩特雙眼亮晶晶的看著他，又不免露出一絲慌亂的表情來。「到底發生了什麼事啊？這場奇怪的戰爭好像從天而降一樣。」接著他像是發現了新大陸，伸手拉了拉那人的衣襬。「欸——說起來你在幹什麼？為什麼穿成這樣？……總感覺你看起來好像也變小了一點……」

對方稍顯困惑的看著他，但不消一秒便又恢復了原本的面無表情，毫不客氣的將衣襬從蘭薩特手裡抽回。「抱歉，我並不認識你？」

「什麼啊——你別開玩笑了。」蘭薩特笑了起來，可是在看到對方認真無比的表情之後不禁愣了一下，緊接著神色又開始張惶起來。「別、別開玩笑了！這場戰爭把你也弄得不對勁了嗎？你怎麼可能不認識我？你明明、明明就是——」

——明明就是朔月啊！

浮在上空的蘭薩特也忍不住喊出聲來。

他似乎是這時才回過神，但是腦袋裡卻依然是一片空白的。

他什麼都思考不了。

穿著華貴服飾的那人不再搭理蘭薩特，逕自拂著衣袖走開了，放任數年前的蘭薩特在身後不斷質問著。而就在這時，身後又傳來了一把聲音——

「彼方？」

兩個蘭薩特隨著這聲音回過頭去。

十秋站在那裡。

下方的蘭薩特一臉驚愕與不解，對著十秋喊道：「欸——等等，朔月，我剛剛明明看到你……從我面前走開了，怎麼你現在就……不對，剛剛的你說……不認識我？」

十秋沉默了一下。

隨後他笑了。

以前蘭薩特是很少看見他笑的。

「啊，這可怎麼辦呢。」他往前踏出一步。「那是因為不小心引發的『時空重疊』，而出現在這裡的很久以前的我。」

——被你看見了，這可怎麼辦呢？

場景又是一跳。

蘭薩特回過神來的時候，他又在那一條灰白的死寂的走廊裡。

他不知道為什麼哭了。沒有發出聲音，但眼淚就是不停的流了出來。

黑暗中的「蘭薩特」走到他背後，伸手蓋在他的眼睛上。

——你還想看嗎？

——我不想看，我不想看。把它埋起來。我不想看。埋到我永遠看不見的地方。

——那好，我就幫你最後一次。

蘭薩特驚醒了。

他睜開眼睛的時候只覺得渾身冷汗，似乎做了一個令人非常恐懼的惡夢，捏在手裡的檔案幾乎都要被汗水給浸濕了。

他捏了捏鼻梁，硬是強迫自己打起精神，重新拿過一份從學生會那邊調來的資料看了起來。

這時，他的身子驀地一頓。

說起來，他剛才到底夢見了什麼呢？

不知為何他一點也想不起來了。

◇　◇　◇

到達事務廳的時候，蘭薩特正一臉倦容的用手撐著腦袋坐在那裡看檔案，大大小小的資料攤得滿地板都是，活像個廢紙回收場，幾乎讓人連下腳的地方都沒有。

夏憐歌鬼鬼祟祟的往裡探了探頭，並沒有看到十秋的影子。

蘭薩特馬上就注意到她了，卻連頭都懶得抬一下，只是換了個姿勢用手揉了揉太陽穴，問夏憐歌：「妳來做什麼？」

……真是讓人火大的態度。

夏憐歌撇撇嘴，一邊在心底拚命的讓自己冷靜下來，一邊小心翼翼的在這一堆白紙中為自己清出一條路。

這時，蘭薩特像是突然想到什麼似的，抬起頭來，神色古怪的看了她一眼。「對了，妳怎麼還沒離開島上？」

夏憐歌不理會他的詢問，就這麼在他面前站定，啪的一聲將手拍在了書桌上，然後說：「蘭薩特閣下，我有話跟你說。」

蘭薩特愣了一下，又垂下了頭繼續閱讀著手中的文件。「噢，什麼話？」

等了半晌也沒聽到對方回話，蘭薩特有些疑惑的抬起眼。夏憐歌剛才的氣勢一瞬間沒了，正一臉難以啟齒的模樣站在那邊擺弄著手指。

她覺得自己的喉頭似乎被塞入了一顆沉重的鐵球，原本想對蘭薩特說的那些話梗在喉嚨，卻連一句都出不了口。

蘭薩特不悅的皺起了眉說：「沒事就回去，妳沒見到我正忙著嗎？」

咬咬牙，夏憐歌攥緊了拳頭，終於說出了口：「我去了圖柏島。」

「圖柏島？」蘭薩特拿起放在一邊的紅茶，靠近唇邊啜了一口，朝她露出古怪的神色。「妳去那裡幹什麼？」

夏憐歌摸了摸鼻子，不知為何眼神開始飄移起來。「我……我見過十秋的母親了。」

「然後？」似乎察覺到有點蹊蹺，蘭薩特放下手中的文件，柚木綠色的眼睛定定的看著夏憐歌。

「十秋伯母說……」她撓了撓頭，似乎在思考著措辭，支吾了好半天，才又開口出了聲。「她說……現在的十秋不是她的兒子。」

周邊流逝的時光彷彿在那一瞬間突然頓住了，事務廳裡安靜得只剩下紙張發出的沙沙聲。蘭薩特滯在那裡一動不動，感覺好像有什麼東西忽地在耳膜上迸裂開來，炸得耳朵裡一陣劇烈的轟鳴。

他呆呆的看著夏憐歌好半晌，彷彿根本沒有聽進她說的話。夏憐歌有些擔憂的看著他，輕輕的喚了一句：「蘭薩特？」

他這才像是驟然回過神來，一副聽到了什麼無稽之談的模樣笑出聲：「不可能。」

雖然早就料到了他會有這樣的反應，但夏憐歌還是忍不住焦躁起來：「為什麼不可能？」

「開玩笑，他不是朔月，那他是誰？」

一句話堵得夏憐歌啞口無言。

沒錯……到現在她都沒有確鑿的證據，只憑十秋媽媽和那隻白貓的話跟一個夢境，又能說明什麼呢……

想到這裡，她不禁悻悻然的搖了搖頭：「我不知道……我在想，他會不會是六百年前的人……」

六百年前？

聽到這個字眼的蘭薩特心臟驟然漏跳了半拍，等反應過來時，他已經換上一張惱怒的臉，冷哼了一聲轉開椅子站起身來，怒道：「少在那胡說八道！十秋夫人本來就有病，聽說這幾天病情又加重了，妳認為她所說的話可信度會有多高？還有六百年前的人什麼的，簡直荒謬！」

「……你就真的一點都不懷疑嗎，蘭薩特？」夏憐歌咬住了下脣，表情被掩在瀏海籠起的陰影裡。「前些天我在你睡著的時候來事務廳，看見十秋正在你的耳邊和你說話，我不知道他有什麼意圖，但是……」

「夠了，閉嘴！」蘭薩特霎時像隻憤怒的獅子一樣暴躁的大吼了一聲，轉過頭來狠狠的瞪著夏憐歌。「朔月伴了我七年，要是對我有什麼企圖的話，他早就可以動手了，何必等到現在？就算他真的不是十秋家的長子，也不可能是什麼居心叵測的人！」

夏憐歌一下子愣住了，半天接不上話來，就這麼站在那裡沉默的看著蘭薩特。

蘭薩特「嘖」了一聲，坐回椅子上重新拿起桌面上的檔案，但那些黑色的字體卻彷彿突然有了生命一般在紙上來來回回的舞動著，他什麼也看不下去，一個惱火，直接將這些東西重重的往地上摔了下去。

這時，旁邊忽然傳來了冷淡的聲音：「你們在說什麼？」

兩人心裡一顫，回頭往門口望過去的時候，看見十秋站在那裡，面無表情的望著地上散得到處都是的資料，也不知道剛才的那些話究竟被他聽見了多少。

夏憐歌當場就愣住了，不自覺的往後退了幾步。

蘭薩特站起身，勉強的揚起了笑容：「朔月，你來了？」

十秋直接踩在文件上走了進來，鞋底摩擦著紙張，發出了細微又難以忍受的響聲。

「剛來一會。」

「夏憐歌說的話你別放心上。」他有些責怪的看了夏憐歌一眼，又繞過桌子朝十秋這

邊走了過來。「你陪著我都七年了……你是什麼人，我心裡清楚的。」

十秋看了看蘭薩特，又看了一眼夏憐歌，那傢伙像隻遇見狼的小綿羊似的，一臉的警惕與戒備。

他笑了起來，摘下眼鏡用衣角輕輕的擦拭著，又將它抬起來對著日光，鏡面一塵不染。「對啊，說起來，我都陪著你七年了……」

「是啊，第一次遇見你那會，我還是被母親拉過去看望伯母的。」一想起以前的事情，蘭薩特也情不自禁的笑出了聲。「我當時一個人坐在你們家的後院裡發呆，還是你跑來跟我搭話的……」

十秋重新戴上眼鏡，墨黑色的右眼在漸變的光線下，反射出狐火一般冷冽的綠光。

他盯著蘭薩特不設防備的笑顏，良久才嘆出一口氣來：「本來我還想再多陪你一段時間的，彼方。」

「嗯？」蘭薩特不明所以的盯著他。

「反正告訴你事實也是遲早的事，既然夏憐歌都跟你說了……」十秋意味深長的看了夏憐歌一眼，往後與他們拉開了幾步距離，瞇起雙眼，露出了紳士般的笑容。「增幅器已經啟動了，十秋朔月這個角色，我也算是演完了。」

蘭薩特臉上的表情瞬間凝固。

就是他身後的夏憐歌，也在此時不敢置信的捂住了嘴巴。

十秋看著他們兩人的反應聳了聳肩，抬頭環視了事務廳一圈，轉身正欲離去，愣在原地的蘭薩特卻突然出聲叫住了他。

蘭薩特輕顫的往前踏出一步，硬是強迫自己拉開了一絲微笑，問道：「朔……朔月，你在開什麼玩笑？」

十秋沉默了一瞬，聲音驟然冷了起來：「我不開你的玩笑，蘭薩特閣下。」

他踱步至門前，又回過身來，看著那二人的眼神像是變了個人似的。「真正的十秋朔月，早在你還不知道這個人的存在時，他就已經死了。」

這句話像一把鋒利的刀，直直的刺進蘭薩特的心臟深處。世界頓時消音了。

隱隱約約有什麼畫面在腦海裡一下一下的閃現，他拚了命想要將它們壓制下去，可是卻發現那些畫面如決堤的洪水，再也收不住了。

對啊，他剛才做了個惡夢。

他看到了那段在「幻想具現」事件裡失去的記憶。

看到了……他完全不想看的東西。

他的腦袋又變成一片空白。他又什麼都思考不了。

這邊的夏憐歌咬緊了下唇，真正的十秋朔月已經死了？那麼……山崖間的那個「小十秋」，真的是死去的十秋朔月的幽靈？

她顫巍巍的走上前去，語氣說不清是憤怒還是悲哀：「是你……殺了他的嗎？殺了真正……」

「嗯？」似乎反應了很久才聽清楚她那句話的意思，眼前的「十秋」揚起了脣角，眉頭卻越鎖越深。「怎麼可能，對那個幾乎長得跟我一模一樣的笨蛋，我哪裡下得了手。那的確只是一場意外。」

幾乎長得……一模一樣？

「所以你就將計就計……順勢取代了他十秋家長子的位置？」似乎瞬間想通了什麼，夏憐歌看著他咬緊了牙。「你的目的究竟是什麼？」

「十秋」用食指抵在下頷：「我只是想幫我哥哥救出一個人而已。」說著，他看了眼怔在那邊的蘭薩特，挑挑眉毛笑出了聲，「有了儲君這個身分，辦起事情來不是更方便一點嗎？」

蘭薩特的身體不由自主的抖了一下。看著他這樣的反應，夏憐歌又是惱火又是心疼，往前邁出一步就護在了他的身前。

立在門口的十秋仍舊是一副無所謂的模樣。「現在時機已經成熟，我要走了，等到這島嶼一沉，我們就再也見不到了。」他攤開了手。「讓我們來道個別吧，彼方。」

為什麼……明明是那麼信任的人，明明是曾經說過可以一直守在自己身邊的人……

眼眶疼痛得幾乎就要爆裂開來，蘭薩特呆呆的用手捂住了眼睛，只覺得吸入的空氣宛若滲入了硫酸，竄入身體深處，在那裡迸開了灼熱的火焰。全身上下都泛著尖銳的疼，彷彿這個軀殼再也不屬於自己一般。

「……你就這麼忍心嗎？」看著蘭薩特這副樣子，夏憐歌忍不住也落下了淚水。「你們在一起度過的時光，難道你就一點都不留戀嗎？」

「哈！」「十秋」露出一副聽到什麼好笑事情般的表情。「別搞笑了，他心目中的那

個十秋朔月，根本從來就不存在過，我們在一起的記憶，全都只是陰謀而已啊。」

無論是那代表了信任的菖蒲花，或是為你許下的永遠守候在你身旁的諾言，全部都是假的。

你我的相遇，不過是精心布置好的騙局。

蘭薩特搖搖晃晃的抬起頭，彷彿是要竭力抓住最後一絲希望般望向「十秋」：「但你一直以來都沒做過背叛過我的事……不是嗎？」

「沒做過背叛你的事……嗎？」那邊的「十秋」說著淡下了尾音，滯了半晌卻又忽然狂妄的笑了起來，簡直像是快要笑出淚來一般。「蘭薩特閣下啊，你給了我七年時間來陪著你，至今為止，你覺得你的記憶裡有多少是真，多少是假？」

聲光全部都消失了。

蘭薩特感覺自己似乎突然沉進了一個什麼都沒有的空間，有奶白色的軟壁從四面八方

朝他裹了過來。

喉嚨被縛住了，血管被縛住了，就連心臟也被縛住了。

他變成了一個無法動彈的繭，周身全是滲入骨頭的冰冷氣息。

是啊，他以前也做過這樣子的夢。

夢境裡是讓他覺得陌生的十秋和未知的第三人。或許那曾經就是自己某時的記憶，在他陷入沉睡的時候，被十秋埋進了深深的潛意識裡。

明明在那個時候，自己的身體就以這樣的方式給了他一個警告，然而他卻固執的不想去相信。

即使是現在，到了他不得不信的地步，他也完全不想讓自己就這樣去接受現實。

蘭薩特突然抬起了頭，止不住的眼淚漫過臉頰，他用幾欲瘋狂的聲音朝那邊站著的「十秋」大喊：「不是的……你是朔月，你是十秋朔月！聽著，你聽著！你的存在並不是什麼陰謀，你的記憶也不是！那些跟我們在一起的時間，全部都是真！」

「十秋」低低的笑出聲，又往後退出了幾步。

「沒有用的，蘭薩特閣下。放棄吧。」他緩緩摘下眼鏡，用手蓋住了左眼，那冷淡的笑容裡竟然也泛起了一絲悽楚。「我說過，我的右眼可以看見過去。你的言語無法改變我的記憶，因為我全部都看得見。」

那些虛假的回憶，我全部都，看得見。

最後的希望也破滅了。

蘭薩特頓時像個斷了線的木偶一樣軟了下去，一旁的夏憐歌連忙攙住了他，轉過頭憤怒的朝「十秋」大吼出聲：「為什麼你要這樣對他！你明知道蘭薩特有多信任你……」

「十秋」的神色有幾分落寞，下一瞬又恢復了原來的清冷。「那又怎麼樣？在這個世界上，只要哥哥一個人能幸福就夠了。」

「為什麼……為什麼你可以做到這個地步……」夏憐歌難以置信的搖了搖頭。

「妳愛妳哥哥吧，夏憐歌。」十秋面無表情。「如果有朝一日，妳哥哥什麼都沒做錯，卻在所有人的背叛裡受盡了痛苦和折磨——妳也會像我一樣，為了他去報復所有傷害他的人，為了讓他幸福而不惜一切。」

「你就這麼……絲毫不給自己留退路嗎？」夏憐歌問道。

「退路？那是什麼？」「十秋」歪著頭看她，掛在脣邊的笑容冰冷刺骨，像是聽見了多不可思議的事情一般。「我只想讓哥哥得到他想得到的。我只有目的，不需要退路。」

說著，他看向夏憐歌那彷彿要燃燒起來的雙眼說道：「比起這個，妳先擔心一下自己吧，夏憐歌。妳不覺得身體越來越不受控制了嗎？」

「……你什麼意思？」夏憐歌突然感覺從心裡寒了出來。

「妳見過被困在鐘樓裡的公主了吧？」他撫了撫下脣。「那就是我想要救出來的人。」

夢境裡斷斷續續的片段忽然在腦海裡飛馳而過，夏憐歌詫異的看著他：「你真的是……那個名為圖斯的王子嗎……」

他沒否認，繼續說道：「妳的身體已經被做為寄存公主靈魂的『容器』了。其實本來沒想要用妳的，但既然妳貿貿然撞了進去，還意外的讓公主的記憶『侵蝕』了本身的靈魂，那也只好怪妳自己倒楣。」

「十秋」轉過身去，背對著夏憐歌。「等公主救出來，妳的身體就是她的了。」

夏憐歌一下子噤了聲，她突然想起了在莫西筆記上看到的那個「復活術」，想起了花園迷宮裡見到的那個少女，想起了愛麗絲。

她有些不敢置信的輕輕呢喃了一句：「難道……你們一直以來都在尋找承載公主靈魂的『容器』？你們想要復活維朵爾公主？」

「是。」「十秋」——或者該喚他圖斯，毫無掩飾的勾起了嘴角。「只是妳現在才發現，未免太晚了一點。」

「莫西之前跟我說過在舊雕像公園裡找到了一些屍體……那些女孩全都是是你們的犧牲品嗎！」一想到這，夏憐歌的聲音忍不住提高了起來。

圖斯似乎對她知道這些事感到愕然，隨即又一臉可惜的輕嘆了一聲。「我們還特意挑選了與維朵爾公主長得相似的人呢，沒想到在實驗過程中全都跟公主的記憶產生了排斥反應，到了最後得到的都是一些失敗品。」

「失敗品」……嗎？

想到愛麗絲和那些女孩的遭遇，夏憐歌眼裡不禁氤氳出了淺淺的霧氣。「因為是失敗品，所以你就殺了她們嗎？究竟是用了怎樣的方法……」

「失敗品繼續存活在這世上，也沒有任何用處。」圖斯面無表情的頓了一下。「妳不是有聽說過嗎?那個『鴆血』的傳說。」

一句話震得夏憐歌渾身一激靈,霎時好像有無數零碎的場景在腦海裡迅速拼湊起來,漸漸形成了一個完整的線索。

是的,在愛麗絲事件中,蒲賽里德曾經跟他們說過「鴆」。

——數百年前有一位渾身劇毒的王子,聽說他的血可以將生物偽造成「自然死亡」的毒藥。

——還有另外一種說法,他的血可以實現人「不老」的心願。

手套在襲擊「十秋」之後就死了,那池染了他的血的鯉魚也一命嗚呼,他甚至還可以簡簡單單的殺死一隻凶惡的黑狼。

還有他那個奇怪的怕血症……這一切都不是巧合。

與其說他怕血,倒不如說他只是在擔心自己的身分會因此被揭穿而已。

就連常清……忠心耿耿待他的常清，恐怕也是死在他的手下。

為什麼他可以這樣做？

難道除了他的哥哥之外，其他人的性命他全都不放在眼裡嗎？

夏憐歌抬起頭狠狠的瞪著他，眼神裡充滿了深深的仇恨與怨毒。「那麼『鴆血』令人不老的傳言也是真的嗎？你就是靠這個才……」

「不是呢，雖然這傳言不假。」他的語氣輕巧，似乎之前所發生的一切不過是一場鬧劇。「那些失敗品在死亡之後，屍身不是沒有腐爛嗎？」

他彎起了眉眼：「從某種意義上來講，這也是一種『不老』吧。」

「你……！」有火從心臟深處燒了出來，夏憐歌的身子一動，卻立即被旁邊低低垂著腦袋的蘭薩特抓緊了手臂。

蘭薩特如同被人抽掉了靈魂一般，一臉頹然，失了神似的喃喃出聲：「……你就是公主要見的人嗎？」

圖斯頓了一下，似乎這才看到蘭薩特那滿臉的落寞，又恢復了往常沉默的神色。「我不是。」

「那是誰……公主要見的王子不是你的話，那會是誰！」彷彿拚盡了全身力氣，蘭薩朝圖斯大喊。

對方發出了低低的輕笑：「你猜？」

聽得一頭霧水的夏憐歌正要說話，突然一口氣接不上來，悶得胸口一陣劇烈的疼痛，差點整個人跪倒了下去。

稍微回過神的蘭薩特將目光移到夏憐歌身上，表情裡流露出了深深的擔憂。「妳沒事吧？」

站在門前的圖斯又是一聲低笑，他揚起了手：「那再見了，彼方。」

那決絕的聲音像是要在空氣裡融化了一樣。

「再見。」

04 疑團．薔薇釦．記憶的回音

夏憐歌按著滑鼠的手頓了一下，雙眼定定的看著眼前這張圖片，整個人都愣住了。

彩色的一吋照附在圖片的右上角，裡面那人嘴角噙著一絲不羈的笑容，那是她再熟悉不過的一張臉了。

滑鼠被自己顫抖的雙手掃落在地上，夏憐歌死死的捂住了自己的嘴巴。

兩年前沒有涉及失蹤事件的那個圓桌騎士，竟是——

寂靜的事務廳此時如同一個空曠又冰冷的墓穴，蘭薩特和夏憐歌無神的癱倒在沙發上，秋日並不刺眼的陽光透過窗櫺傾瀉而進，在滿地的文件上塗了一層淡淡的淺金色。

空氣彷彿凝固了一般，兩人一動不動的坐在那裡，卻連一句話都沒有說。

良久，蘭薩特才緩緩的嘆了一口氣，聲音裡是無盡的疲累與消沉：「……妳先離開島上吧，夏憐歌。」

身體裡的力量似乎在漸漸流失，然而在聽到這話時，夏憐歌卻條件反射的從沙發上躍了起來。「為什麼……蘭薩特你為什麼這麼想我走？你究竟有多不想看見我？」

看著他那般頹然的模樣，夏憐歌又有些難過的低下了眉眼。

我只是想……陪在你身邊而已啊……

蘭薩特沒有看她，呆滯的將眼神移向窗外。對面的建築已經出現了數條深深的裂痕。

「之前明明都已經和妳解除了騎士的契約，我卻還是讓妳被捲入了危險之中……」猶豫了半晌，蘭薩特才轉過頭，眼神堅定的看著她。「這一次，我不能再讓妳有任何的閃失了，夏憐歌。」

看著他那如朝陽一般耀眼的目光，夏憐歌的心裡驀然一動，之前那些或大或小的委屈，在此刻全部被一掃而光，她只覺得整個世界似乎在蘭薩特的注視下驟然亮了起來。

「……原來你之前跟我解除契約，是為了保護我嗎？」她情不自禁的笑了起來，眼角卻還是忍不住滲出了灼人的淚花。「真是個笨拙的方式呢。」

「妳……妳說誰笨拙！」蘭薩特的臉詭異的紅了起來，手忙腳亂的站起身來，然而就在這一瞬間，他看著夏憐歌那逐漸蒼白的臉色，神情裡又溢出了深深的悲傷。「但是我還是沒能保護好妳啊……所以，至少這一次……」

夏憐歌走近他輕輕的搖了搖頭，伸出纖弱的手將蘭薩特的雙手捧在自己心口。「無論發生什麼事，我都想跟你一起面對。」

說著，她又側過頭露出俏皮的笑容：「況且，現在我也不能全身而退了，不是嗎？」

「夏憐歌……」看著她故作輕鬆的模樣，蘭薩特的心裡盛滿了苦澀，他也伸出手將夏憐歌瘦小的身體緊緊的抱入懷中。「這一次，我一定會一直守護在妳身邊。」

——絕對，不會再讓妳受到半分傷害的。

◇◇◇

位於島嶼中央的老舊鐘塔鐘聲又開始敲響。

聲音空曠而洪亮，彷彿穿越了六百年時光，打落在少年們的心裡。

島嶼的毀壞越加嚴重，除了一些較為重要的機構，所有人員基本上已經全部撤離了。

原本有如一個巨大都市的學院，一下子變得空空蕩蕩，連空氣裡都瀰漫著憂鬱的味道。

看起來簡直就像一個正在等待毀滅的死城一般。

那一天之後，「十秋朔月」就再也沒有回來過。

聽蘭薩特說了他與公主相遇的情況後，夏憐歌又想起了在夢境中那個讓維朵爾魂牽夢縈的少年……同時也是圖斯口中所說的哥哥，他應該就是公主想要見的王子沒錯了。

沒想過活了六百年的並不止圖斯一人……但是他的哥哥又是誰？如今又在哪裡呢？這一切現在仍舊是一點線索都沒有。

窗外夜幕沉沉，夏憐歌一個人呈大字型的躺在床上望著天花板。

正如圖斯所說，她現在的身體已經越來越虛弱了……

夏憐歌翻過了身，哥哥的校徽正擺在床頭櫃上，在夜晚昏暗的光線裡折射出溫軟的光澤。她忍不住將它拿起來，回憶一點一滴的蝕進自己的腦海裡。

她本來就是為了尋找哥哥，才拚命考上這所貴族學院的，沒想到尋索到的結果卻是哥哥早在數年前的失蹤事件裡失去了性命，而自己也被捲入各式各樣光怪陸離的陰謀中。

哥哥的死，黑騎士聯盟，以及六百年前古國的王子與公主，這些事情之間是不是或多或少存在著聯繫呢……

她輕嘆了一聲，將校徽放回到櫃子上。然而一個不小心，雕琢成薔薇形狀的寶石校徽匡啷一聲從櫃角邊重重的摔落了下來。夏憐歌嚇了一跳，慌手慌腳的從床上爬了起來，那可是她哥哥留下的東西啊，要是被摔壞了……

校徽靜靜的躺在地板上，帶銀的鑲邊已經脫框了，中間的紅寶石也碎開了一小塊，夏憐歌蹲下身去心疼的拿起校徽，小心翼翼的擦拭著。

突然，有什麼東西從她的指間滑落下來。夏憐歌滯了一下，連忙俯下身，伸手在地板上摸索著。

——居然是一張小小的記憶卡。

夏憐歌又拿起校徽看了看，發現寶石中間有一小塊地方是中空的，剛剛摔下來的時候，正好把暗格的蓋子摔出去了。

她一下子激動了起來，捏著記憶卡的手滲出了薄薄的汗水。

這個裡面，說不定有哥哥留下的線索！

夏憐歌連忙站起身，摸出讀卡機，急匆匆的打開了電腦。在等待電腦開機的過程，她又打了個電話給蘭薩特，說好像找到了些線索，讓他過來一趟。

夏憐歌把記憶卡放進讀卡機裡，指尖都忍不住輕顫起來，然後小心翼翼的將讀卡機插進電腦的USB插槽裡。

等了好一會兒，都沒顯示讀取出什麼東西的訊息來，打開「我的電腦」，也沒多出個陌生的硬碟。夏憐歌不甘心的重新連接了好幾次，電腦還是什麼都讀不出來。

說得也是，都過了這麼久了，不知道記憶卡會不會壞掉……

想到這裡，她又有些沮喪，半晌後又使勁的搖了搖頭，將讀卡機拔出再插了進去。這時，電腦突然傳來一聲輕響，桌面右下角跳出了一個小視窗，提示外接裝置安裝成功。夏憐歌欣喜若狂的點進了「我的電腦」裡，裡面出現了一個I槽。

她按捺住自己越來越快的心跳，移動滑鼠就往I槽點了下去，桌面立刻跳轉，接著，一堆檔案夾陸陸續續的顯示了出來。

夏憐歌覺得自己的心臟都快要跳出來了。

一開始的幾排檔案夾，基本上都是活動策劃和騎士簽訂的契約備份等。夏憐歌滑動著滑輪往下拉，一個名為「照片」的檔案夾吸引了她的目光。

她控制不住自己的好奇心點了開來，裡面放的似乎都是以前學院舉行活動時拍的照片。那時的夏招夜跟離家時並無太大區別，笑容依舊溫潤如玉，這張是他和兩位儲君一起

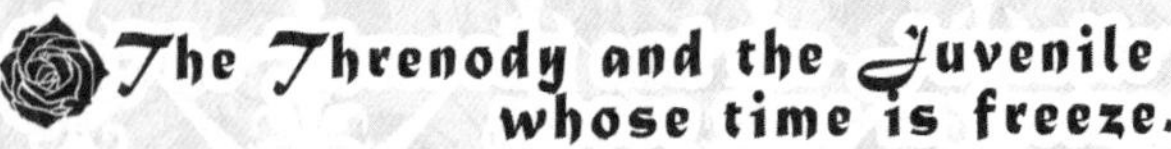

站在北角大道上的合照，這張是他和常清在騎士衝鋒賽上的合照，這張是他和蒲賽里德以及一臉彆扭的莫西在迎新會上的合照……

看著看著，眼淚不自覺的從眼眶裡蔓延出來。

明明大家以前曾經是那麼好的朋友……

然而，現在保存有這些回憶的，卻只有這張老舊的記憶卡而已。

夏憐歌默默的拭去了淚水，把這些照片一張一張的點了過去。忽然，在這個檔案夾的最下端，夏憐歌發現了一個名為「圓桌騎士檔案備份」的子檔案夾。她心裡一動，把滑鼠移了過去，發現建立日期正是夏招夜失蹤的那一年！

那一瞬間，夏憐歌覺得血液都要沸騰起來，彷彿一直以來所尋找的真相在下一秒就要被揭露開來。

她之前曾經和莫西一起去找過資料，發現當年在「榮譽騎士資格賽」裡獲得圓桌騎士

頭銜的騎士們，全部沒有記錄在案，當時她以為那一屆的圓桌騎士全部失蹤了，然而蘭薩特卻說，在理事會那一年的統計裡，顯示了當時殿騎士聯盟中還有一名圓桌騎士。

也就是說，當年有一名圓桌騎士沒有涉及那場失蹤事件。

夏憐歌一直覺得，那名沒有失蹤的圓桌騎士，很可能就是所有事件的突破口。

她看著那個文件夾久久不語，感覺手心裡都冒出了汗，終於，她下定了決心，移動滑鼠點了下去。

視窗立即跟隨著切換。

那一屆圓桌騎士的檔案是圖片形式，她雙擊圖片放大，一張一張仔細的瞧，從右上角的一吋照片一直看到人家的三圍喜好，連一個標點都不放過。

突然，夏憐歌按著滑鼠的手頓了一下，雙眼定定的看著眼前這張圖片，彷彿看到了什麼駭人的魔物一般，整個人都愣住了。

彩色的一吋照附在圖片的右上角，裡面那人嘴角噙著一絲不羈的笑容，彷彿正一臉嘲諷的看著她，絳紫色的雙眸裡暗湧流動，像是藏進了一隻魅惑的野獸。

那是她再熟悉不過的一張臉了——

滑鼠被自己顫抖的雙手掃落在地上，夏憐歌死死的捂住了自己的嘴巴。

那一年沒有涉及失蹤事件的那個圓桌騎士，正是殿騎士聯盟的現任管理者——

蒲賽里德！

門外突然響起了不輕不重的敲門聲，渾身冰冷的夏憐歌被嚇了一跳，整個人像隻警惕的野貓般擺出戒備的姿態：「是誰？」

對方的聲音似乎帶了絲不耐煩：「蘭薩特啊，不是妳叫我來的嗎？」

她這才鬆了口氣，神色複雜的看了電腦螢幕一眼，起身走過去開了門。

「……妳沒事吧，夏憐歌？」原本皺著眉擺出一臉不滿的表情，但一看到夏憐歌那沉默不語的模樣，蘭薩特又不自覺的流露出一點擔憂。「臉色不太好。」

夏憐歌有些無力的搖了搖頭，一時間她也不知道應該說什麼好了。

先是常清，再來是十秋，然後就是蒲賽里德了……

這樣下去，她身邊還剩下誰可以相信？

兩人坐在電腦前，夏憐歌有些猶豫的把剛才的事情說了一遍，她偷偷的瞥了蘭薩特一眼，對方一副沉思的樣子定定的盯著螢幕，藍白色的光映在瞳孔裡，起起滅滅，看不清那裡究竟沉澱著怎樣的感情。

良久，他才緊緊的握住了拳頭，輕顫的語氣裡似乎在竭力掩蓋著什麼：「如果……連蒲賽里德也是黑騎士聯盟的人的話，那麼，這麼多年來都查不到任何關於這個組織的線索，大概也就可以解釋了……」

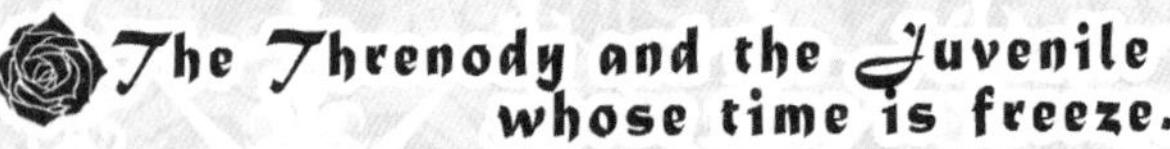

他用手撐住了額頭，有些自暴自棄的笑了起來：「哈哈……身邊最信任的人已經沒了……現在居然連手下的騎士聯盟管理者也是敵人……」

「蘭薩特……」看著他那個樣子，夏憐歌覺得心臟簡直像被人栓起來一樣難受，她輕輕的挪了過去，彷彿是在宣誓著永久的承諾一般：「我……我會一直在你身邊的，我不會背叛你的！」

蘭薩特的手頓了一下。他抬起頭來，夏憐歌堅定的眼神璀璨如朝陽，那一瞬間他覺得自己幾乎都要目眩起來。

他咬緊了牙關，硬是將心中負面的情緒壓抑了下去，將目光移到了螢幕上：「我們再找找看吧，應該還有什麼線索的。」

或許再走一步就能看到真相了，他不能在這種地方消沉下去！

兩人又重新認真的把I槽檢查了一遍，裡面基本上都是殿騎士聯盟平日的管理和開

支，忙活了大半個鐘頭，再沒有找到其他有價值的線索。

蘭薩特扳了扳有些痠澀的脖子，這枚小小的記憶卡裡存放的東西不是一般的多，一大堆檔案夾裡又有一大堆子檔案夾，子檔案夾裡又有另外一大堆……

真要排查完估計得花上不少時間。

這樣想著，他隨手又點進了一個檔案夾裡，而裡面除了一個「新建檔案夾」之外什麼都沒有。

他有些好奇，順著點了下去，出現在裡面的是一個「新建word文檔」。

真奇怪，居然連命名都沒有。

蘭薩特雙擊點開文檔，打開來是一整片密密麻麻的字。

瞬間夏憐歌幾乎將整個腦袋貼到了螢幕上，她興奮的喊了起來：「是日記啊！哥哥的日記！」

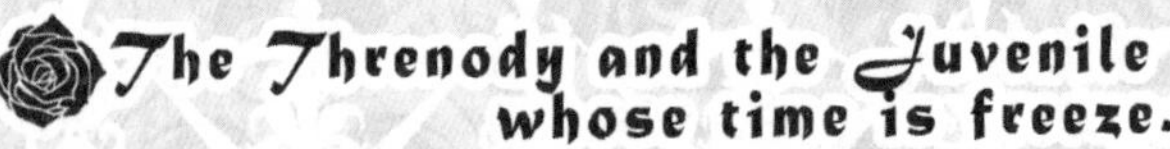

一句話點燃了兩人心中的希望，蘭薩特急忙緊緊的盯著那個文檔，似乎害怕下一秒那些黑字就會跳出來逃走一樣。

日記一開始記錄的都只是一些學院裡發生的瑣事，他們一點點的把頁面往下拉。第一次提到蒲賽里德，是在那一屆的榮譽騎士資格賽結束之後。

——在資格賽裡取得第一名的騎士名字叫蒲賽里德，聽說這人的總積分甩開了第二名十條街不止，似乎是個挺有趣的傢伙。不過交談起來總感覺他好像隱瞞了很多事情，或許是我多心？不管怎樣該好好注意一下。

接下來也有一些學院內擾亂事件的記錄，和調查黑騎士聯盟所取得的情況。

——校慶因為黑騎士聯盟的襲擊沒能圓滿落幕，蘭薩特閣下的心情似乎很不好。

原本我以為黑騎士的目標是校慶上展出的一組蘇美爾神話石雕，但沒想到他們卻對我在ESP練習課上使用過的道具出手。

這樣看來他們的目的似乎也不是錢財，難道只是單純的搗亂而已嗎？

順便說一下，雖然蒲賽里德看起來很不可靠，但其實還是個挺得力的幫手。雖然莫西老師好像不太喜歡他。

——從至今為止發生過的襲擊事件看來，黑騎士聯盟的主要目標似乎是衍生出「靈」的物品……？

蒲賽里德說，如果是這樣的話，那我最近需要小心一點。

但他們要這些幹什麼？

——殿騎士聯盟裡肯定有黑騎士聯盟的內應。得好好調查一下。

——我並不希望是這樣的結果，但是從目前的線索看來，蒲賽里德跟那位閣下都……

——一開始我只覺得蒲賽里德可能跟黑騎士聯盟有所關聯，但沒想到他居然是黑騎士聯盟的主人……結果我還是信錯人了。雖然不清楚他究竟想幹什麼，但如果他能就此收手就再好不過了，我也不必將他的事情告知蘭薩特閣下，這算是我的一個私心吧。

——蒲賽里德說他需要我的力量，但他究竟要這個幹什麼……我只是能賦予物品情感……促使其衍生出「靈」而已。

而且不管怎樣，我都不會背叛殿騎士聯盟和儲君的。

——我約了蒲賽里德等會到南港，希望他能聽進我的勸告，這樣一來，我也不用失去他這個朋友了。

這是最圓滿的結局。

日記到這裡戛然而止。

蘭薩特和夏憐歌坐在那裡，誰都沒有說話。

夏憐歌用手緊緊的捏住自己的衣角，即使隔著布料，也覺得掌心似乎要被指甲劃破了，眼淚最終還是不爭氣的流了下來。

「太過分了……哥哥明明這麼信任他……」

一旁的蘭薩特握緊了她的手，輕輕的將她擁入懷中。夏憐歌的淚珠像止不住一般，一顆一顆的往下掉，她抓緊了蘭薩特的袖子，聲音哽咽得幾乎說不出完整的話來。

「哥哥明明一直都把他當朋友……就算知道了他是黑騎士聯盟的主人，哥哥依然……為什麼蒲賽里德下得了手？當初也是他將我推進海裡的嗎……嗚……他為什麼就這麼想得到哥哥的力量……哥哥……招夜哥哥……」

到了最後，夏憐歌也不知道自己在說什麼，只是拚命的叫著夏招夜的名字。

蘭薩特一邊輕輕的撫著她的背，彷彿是在哄小孩子那般，一邊像是在沉思什麼的垂下了腦袋：「能賦予物體情感與靈魂的 ESP 嗎……難怪夏招夜會被理事會特意列為『優等生』。」

「……嗯？」夏憐歌抽噎著抬起頭，一臉迷茫的望向他。

看著哭花了臉的夏憐歌，蘭薩特忍俊不住，伸出手指替她揩去了眼前的淚水。「我以前不是說過嗎？擁有靈魂的物品會是很好的ESP增值器。況且，能夠隨意賦予物品感情和靈魂的，從某方面來講，根本已經接近『神祇』了吧。」

「也難怪他送給妳的那條項鍊，即使沒經歷過上百年的時光，卻也能孕育出靈魂來呢！」說著，他笑著揉了揉夏憐歌柔軟的頭髮。「真是的，這能力都可能稱得上是BUG了。妳這個笨蛋怎麼會有一個這麼厲害的哥哥啊？」

被他曖昧的舉動弄得臉頰一紅，夏憐歌急急忙忙低下頭躲了開去。「我就是個笨蛋啦，怎樣？」

一看到掛在自己胸前的小雞吊墜，她的目光又沉重了起來，忍不住伸手將它緊緊握住。「招夜哥哥……」

原本冰涼的金屬質感此時卻幾乎燙傷她的手心，剛停下的眼淚又即將泉湧而出，夏憐歌連忙忍住，揉了揉紅腫的雙眼，轉頭看向螢幕，聲音還有一絲絲的哽咽：「ESP增值器……嗎？蒲賽里德他們收集這些東西要幹什麼？」

雖然明知她在強迫自己振作，但看著她堅定的側臉，蘭薩特還是忍不住放柔了目光。

果然……這樣子的夏憐歌，他最喜歡了。

然而，就在這時，四周突然出現了一陣劇烈的顫動。夏憐歌還沒反應過來，就感覺自己似乎要被甩出去一般。見狀的蘭薩特急忙衝上去將她抱住。

窗外震天價響的倒塌聲幾欲刺穿了他們的耳膜，兩人互相擁抱著蜷縮在房間一角，牆壁上陡然出現的裂痕有如無數條凶猛的黑蛇，朝四面八方蔓延了開去，成堆的灰塵和細小的石礫從天花板上摔落，讓人幾乎以為下一秒就會被掩埋在無邊無際的黑暗之中。

漸漸的，強烈的震動開始慢慢變小，蘭薩特和夏憐歌小心翼翼的睜開了眼睛，房間已經坍塌了一半，滿地都是碎開的石瓦和磚塊。夏憐歌的心情還沒有平復下來，聲音裡帶著

輕輕的顫抖：「怎麼會……這樣……」

蘭薩特護著夏憐歌，看著遍地的狼籍，眉頭狠狠的皺了起來。那一剎那似乎有什麼東西在他腦海裡一閃而過。

——在島嶼上出現了另外一個無比強大的ESP磁場，最近所有的異動都由它引起。

——黑騎士聯盟的目標是衍生出「靈」的物體。

——具有靈魂的物品會是很好的ESP增值器……

線索似乎被串聯起來了。

此時，遠方的鐘樓又開始一聲一聲的敲響。

「噹——噹——」

洪亮又哀怨的鐘聲，在漆黑的夜裡不斷往島嶼的每個角落擴散，彷彿要攝去所有人的魂魄一般，吵得人整顆心都亂了起來。

蘭薩特站起身，將跌坐在地的夏憐歌也一併拉了起來。

「到鐘樓去吧。」

他拍了拍肩上的灰塵，柚木綠色的雙眸在黑夜裡散發出冰冷卻又動人的光。「今晚，我們或許不得不做出最後的了斷了。」

◇◇◇

經過剛才那一場劇烈的強震，島嶼上的地裂和塌陷已經非常嚴重了。

蘭薩特和夏憐歌走出騎士專用的城堡宿舍，視野遍及之處全是倒塌的建築物和參天大樹，原本奢華大氣的久原區如今卻如同一個經歷了千年戰殤的古戰場，裂開的地殼參差不齊的起伏著，宛若巨人手臂上兀起的靜脈，在沒有月光的深夜裡，顯得破敗又荒涼。

島上的人大都已經離開了，校車服務當然也早就停止了運作。在這種情況下，叫直升機過來也不現實，兩人只好靠步行往鐘塔的方向前進。

手牽著手，蘭薩特和夏憐歌小心翼翼的繞過地上橫七豎八的建築殘骸，好不容易走出久原區時，發現其他地方的狀況也沒比這裡好上哪去。

看著彼時繁華輝煌的學院幾乎淪為一個廢墟，蘭薩特憤怒的蹙起了雙眉，有些不易察覺的「嘖」了一聲。

再次邁開步伐的時候，身後的夏憐歌卻突然頓了一下。

她拉了拉蘭薩特的衣袖，顫巍巍的朝他那邊擠了過去。「蘭……蘭薩特，我從剛剛就、就一直覺得後面有什麼東西在跟著我們……」

「嗯？」蘭薩特警惕的回過頭，身後一片漆黑，布滿了破落建築巨大的灰影，遠遠看起來有如一群伺機而動的野獸，兩側的草叢在夜風的吹拂下發出沙沙輕響，惹得人心裡一陣莫名躁意。

兩人就這樣僵持了許久，卻沒有發現什麼異樣的動靜。蘭薩特放鬆了緊繃的肌肉，抬手撓了撓臉頰：「妳是不是太緊張……」

然而話音未落，一個小小的黑影突然像風一樣從草叢裡躍了出來，直直的落在了蘭薩特前方不到五米的位置。蘭薩特急忙將夏憐歌拉往身後，護著她退了幾步。

那東西不到半米高，立在原地發出了尖銳又短促的怪鳴，夏憐歌手按著蘭薩特的肩膀瑟瑟縮縮的探出腦袋探看：「是……是什麼野獸嗎……」

那黑影又嘶鳴了一聲向前躍進幾步。蘭薩特打開手電筒一照過去，不禁默默的護著夏憐歌又往後退了幾步。

那東西嘴邊掛著兩支又長又尖的獠牙，脖子和背上還長滿長短不一的尖刺，正瞪著一雙雞蛋般大的眼睛看著他們。

冷汗從額上滲了出來，蘭薩特低喃了一聲：「丘帕卡布拉……」

丘帕卡布拉，傳說中吸食家畜血液的怪獸，會在目標身上咬出一個小口，然後吸乾其全身的血液，並且擁有非常驚人的奔跑速度。

學院裡為什麼會出現這種東西……

一看清光線中的怪物模樣，夏憐歌按住蘭薩特肩膀的力道不由的加重了起來。「蘭蘭蘭蘭薩特……你、你不覺得牠看起來很奇怪嗎……」

經她這麼一說，蘭薩特才反應過來，這隻丘帕卡布拉並不像傳說中那樣擁有青黑色的起皺皮膚，反而通體雪白，並且身體線條非常僵硬，看起來就像是被刀削出來一般……

他的嘴角不禁抽搐了一下：「等等，這不是雕像來著嗎……」

那隻丘帕卡布拉張大了長著獠牙的嘴高聲嗚叫，又向他們逼近一步。

「但是牠會動啊！為什麼雕像會動！」

「我怎麼知道！還說那麼多幹嘛！快跑！」

蘭薩特氣急敗壞的拉著夏憐歌轉身就逃，身後的丘帕卡布拉立即跳躍著追了上來，速度快得可怕，沒幾秒的時間又攔在了兩人面前，伸長了鋒利的爪，嘶鳴著撲了上來。

蘭薩特顧不得其他，伸手就將路旁一個騎士銅像手中的騎槍奪了過來，自言自語的說了一句：「事態緊急……謝了。」

說著轉身衝那隻飛撲上來的怪物擺好架勢，誰知身後突然傳來了一句：「不用客氣，陛下。」

蘭薩特握著騎槍的手頓時僵住了，機械式的轉過頭去，發現那個銅像正將握成拳的右手放在左胸前朝他微微鞠躬，還不忘問了一句：「還有什麼需要效勞的嗎，陛下？」

電光石火間，那隻即將撲到他手臂上的丘帕卡布拉已經被另一個提槍衝上來的銅像騎士擊碎了，灰白色的石塊倏地往地上摔了下去，發出沉悶的撞擊聲。

兩人呆呆的看著那兩個騎士銅像再次朝他們做出了一個騎士禮，然後往銅像佇列站了回去，恢復了一動不動的姿勢。

蘭薩特和夏憐歌杵在原地呆滯的互看了幾眼，然後蘭薩特握緊了手中的騎槍，兩人回過身沉默的走掉了。

「那……那些雕像跟銅像到底是怎麼回事……」走在黑漆漆的路上，夏憐歌攥緊了蘭薩特的衣服，有些恐懼的左右張望著。

蘭薩特也一邊走一邊警惕的看著四周，預防再跳出什麼讓人措手不及的怪物。「應該是受鐘樓那邊的 ESP 磁場影響吧……」

這就有些不好辦了，原本他還以為能迅速到達鐘樓那邊，最多也就是走路走得累了點，結果半途居然殺出這麼些玩意。學院裡的雕像銅像多到數不清，誰知道等一下會不會撲出個更凶險的東西……

正想著，身側就傳來一聲低吼，剎那間兩人緊繃的神經都幾乎要「啪」的一聲斷掉。

……還真的是說什麼來什麼啊！

蘭薩特立刻將燈光往發出聲音的方向一打。在左前方十多米遠的兩盞折斷路燈的中間，出現了一個龐大的黑影。黑影面對掃過來的光線停滯了一下，不一會又邁開沉重的步伐朝他們緩慢走了過來。

是一隻用白玉雕成的獅首鳥身怪獸。

像是變魔術一般，在這隻怪物的身後，陸續出現了一大堆緩步而行的怪物。嘴邊伸出六只大牙的巨大白象，擁有羊頭的怪人，長著豬首的黑色駱駝……

兩人擺動著僵硬的雙腿往右邊挪了過去，夏憐歌突然尖叫了一聲。蘭薩特轉過腦袋一看，右側的黑鐵雕花長椅上盤踞著一條神色猙獰的石蟒蛇，旁邊還跟了一隻犀牛、黑豹和巨鱷。

……你們乾脆一起來就好了，幹嘛還要分陣營啊！現在是真正的左右夾攻想逃都逃不了啦！

蘭薩特「嘖」了一聲，騎槍橫著往胸前一擋，率先張大了血盆大口撲上來的巨鱷立即被卡住了嘴巴。蘭薩特用盡全力，將咬住騎槍的鱷魚往左邊一甩，牠那覆滿了厚硬鱗片的碩長身軀就往那群怪獸身上砸了過去。

捉到空隙，蘭薩特拉過夏憐歌直直的往前逃，黑豹和蟒蛇頃刻間就追著他們的腳步跟了上來。那些被砸倒的怪獸們穩住了身體之後也沒打算放過他們，一時間原本寂靜如死的夜晚因為這場動亂而變得有些喧鬧起來。

眼看就要被這群雕像追上了，蘭薩特在心裡罵了一聲，正想煞住腳步準備迎戰，眼前忽然優哉游哉的走出了一匹白馬……

Lucky！

他立刻加快了腳步，縱身一躍就往那匹馬背上騎了過去，再伸手一拉夏憐歌，穩穩當當的將她擁在自己前方。沒有想太多，蘭薩特拉起韁繩一甩，白馬仰起前蹄發出嘹亮的嘶鳴聲，載著兩人奔跑而去。

然而，黑豹的速度飛快，沒一會兒便已經追到身後不到半米的地方，並作勢就要撲殺上來。

蘭薩特斂起眉，抓起了韁繩正要重重甩下，沒想到胯下白馬身側突然長出了一雙巨大無比的翅膀，逆著風往後一揚，竟優雅的往半空騰躍過去。

那些張牙舞爪的雕像全部被甩在身下，蘭薩特低頭看著它們逐漸化成小小的一點，這才稍微的鬆了一口氣。

浸入了夜色的雲靄伴著涼風在耳側飛速滑過，蘭薩特感覺自己被撲了滿臉薄薄的霧

珠，而坐在前方的夏憐歌似乎還沒有完全反應過來，張大嘴巴支吾了半晌，才憋出一句話：「好……好高啊。」

蘭薩特噗嗤一聲笑了，傾前了身子將下巴抵在夏憐歌的肩膀上說道：「是啊……要是平時的話，這樣往下看，肯定能看到非常漂亮的景色吧。」

若是平時，即使是在這樣的深夜裡，學院內也是燈火輝煌，從半空俯望，就像落在碧波搖曳的大海裡的星辰一般，璀璨到幾乎灼傷人的眼睛。

然而現在，那裡只剩下凋落的斷壁殘垣和一片沉沉的黑暗。

蘭薩特臉上的表情晦暗不明，終究是發出了一聲微不可聞的嘆息。

「……沒事的啦！」感覺到他心中的焦慮，夏憐歌將身子輕輕的靠在他懷裡，「等所有事情都過去之後，這裡——專屬於你的帝國，一定會變得更加美麗，更加耀眼的。」

蘭薩特愣了一下，輕輕的揚起了唇角。

飛翔的白馬繼續在夜空裡往鐘樓的方向前進著，尖頂的高大建築在視野裡越變越大。

突然，一聲震耳欲聾的鐘響在無邊的寂靜裡狠狠的炸了開來，迴盪的餘音幾乎讓人的心臟也一起震動。夏憐歌捂緊了雙耳，俯身靠在光滑的馬脖上。那一剎那，她的心口處發出了劈啪的輕響，一團小小的白光從那裡慢慢的暈了開來。

兩人還沒弄清楚怎麼回事，這匹翔馳的飛馬就逐漸放緩了動作，搖動著的羽翼像是被看不見的網縛住了一般越來越慢，從半空急速俯衝下來。在距離地面還有五六米的時候，飛馬徹底的停住，兩人重重的摔落在草地上。

好在這邊的雜草從來沒有經過修剪，茂密得幾乎掩到膝蓋上，除了腿上被草劃出了幾道血痕之外，兩人也沒受什麼太大的傷。

恢復成雕像的飛馬碎開了幾塊壓在草叢裡，鐘塔已經近在眼前了，高大又森然的的影子在地上被拖得老長，有如一個沒有盡頭的惡夢，將他們團團裹了起來。

鐘聲繼續慢悠悠的響著。之前試膽大會時的擺設還沒有撤去，帶著紅色顏料的鏽銅像亂糟糟的橫了滿地，看起來如同一個經歷了千年烽火和死亡的駭人戰場。

蘭薩特將夏憐歌從地上拉了起來，抬起頭看著眼前這座高聳入雲、彷彿在鐘聲裡變幻成魔怪的鐘樓，定了定神，邁開步伐往前走了過去。

這是他們第二次來到這個鐘樓內。

依舊是一片濃得透不進一絲光線的黑暗，前方有樓梯盤旋而上。仰首望去，更深邃的黑暗如同是要前往地獄，露出一股慎人的寒氣。

齒輪緩慢轉動的聲音似乎透過擴音器一般，震得腦袋一陣劇烈疼痛。有細微而又熟悉的說話聲伴隨著機件運轉的轟鳴從上傳下，蘭薩特怒紅了一雙眼睛，不由分說就抬腿踏在樓梯上跑了過去。

夏憐歌急急的追在他身後，越往上，各式各樣混合在一起的機械聲就越發刺耳，說話聲也越來越響，但在意識到逐漸向上的腳步聲之後，說話聲就驀然停住了。

蘭薩特氣喘吁吁的抵達頂層，蒲賽里德和圖斯站在對面看向他，那位飄浮狀態的公主也緊緊的挨在他們身旁，臉上洋溢著甜蜜的幸福。

「彼方？」圖斯稍稍的露出了詫異的表情。「你怎麼還沒走？」

這邊的蘭薩特卻幾乎聽到了自己磨牙的聲響：「蒲賽里德……」

只是他還沒來得及再次開口，對面的維朵爾公主就一臉欣喜的飄到了他面前，左手掩在胸口前，朝他輕輕低頭。「謝謝你，蘭薩特閣下，謝謝你幫我找到殿下。」

「……蛤？」蘭薩特瞬間愣住了，一時間說不出話來。

蘭薩特身後的夏憐歌跑得東倒西歪，一副累得下一秒就要倒下去的模樣，按著扶手慢騰騰的攀上了頂樓。「蘭……蘭薩特……」

一看到夏憐歌，維朵爾倏地竄到了她眼前，滿臉都是抑不住的喜悅道謝：「謝謝妳願

意把身體讓給我。」

話音剛落，她俯身一動，若隱若現的身體像是融化一般，落在腦子一片空白的夏憐歌身上。剎那間彷彿整個世界都停止了運轉，周圍的噪雜聲一下子消失了。

夏憐歌清明的雙眼逐漸變得空洞，整個人如同一個沒上發條的木偶般，立在那裡一動不動。

蘭薩特看著眼前發生的一切，感覺全身的血液都被凝固了。

他呆呆的看著夏憐歌的眼眸慢慢恢復了神采，瞳色卻像是湧進了海水般變成清澈的水藍色；他看著她有些艱澀的動了動手臂，充滿愛慕的眼光投向對面的蒲賽里德；他看著她沒再回頭望自己一眼，宛若一隻起飛的青鳥，朝蒲賽里德興高采烈的奔跑過去……

心裡深處有什麼東西在那一瞬間轟然倒塌了。

蘭薩特感覺自己簡直就像要崩潰了，握緊雙拳朝對面有著紫色眼眸的少年大喊：「夠了！蒲賽里德你到底想要怎樣！想要毀滅島嶼還不夠嗎？你為什麼要把夏憐歌也搶走！」

植入了悲涼的聲音，迅速的被單調冰冷的機械聲蓋了下去。附在夏憐歌身上的維朵爾步伐一頓，站在原地有些疑惑的看向蒲賽里德：「毀滅島嶼……？」

蒲賽里德皺眉「嘖」了一聲，隨即又露出溫柔的笑容，望著「夏憐歌」的眼神裡浸滿了深情。「抱歉，維朵爾，為了把妳救出來，我不得不將這座鐘樓跟島嶼一起毀掉。」

「你果然就是六百年前的那個王子……蒲賽里德。」蘭薩特突然想起之前圖斯跟他說過的、可以停住自身時間，從此長生不老的ESP，忍不住低低的笑了起來：「哈哈……因為你檔案上所記錄的ESP是操控時間，所以我就一直沒有懷疑你呢。」

拳頭越攥越緊，蘭薩特甚至感覺指甲已經深深的陷入掌心中。「我真遲鈍，停止時間也是操控時間的一種吧。」

「錯啦！」蒲賽里德將目光移到蘭薩特身上，突然就像變了個人似的，方才的溫和已經不見蹤影，取而代之的是一臉不屑的輕笑。「我的ESP確實僅僅只是能停住時間——並且只能停住生物身上的時間而已，時間回流或前進什麼的，可做不到。只不過在填寫檔案時忍不住將能力範圍稍微擴大了一下，沒想到你們還真是一點都不懷疑呢。」

「你為什麼要加害那些圓桌騎士……」蘭薩特的聲音輕輕顫抖起來。「你究竟是用什麼方法，讓整個學院都忘記了他們的存在……」

「嘛，他們都是夏招夜的屬下，不做得徹底一點，我怕會有所疏漏。」說著，他又露出了意味深長的笑。「只是沒想到，中途會冒出個夏憐歌出來。」

蘭薩特咬緊了下脣。

蒲賽里德微微低下腦袋，抬起食指在他面前搖了搖：「而且，黑騎士聯盟裡盡是人才啊，雖然不像閣下您一樣可以盡情的篡改他人的記憶，但只是刪除記憶的話，還是做得到的。」

對方嘲諷的笑聲落入耳中，蘭薩特猛地抬起頭來，發紅的雙眼裡是滿滿的憤怒。「那你又是為什麼一定要毀了整個島嶼？」

「我沒對這個島動什麼心思，只能說它跟夏憐歌一樣倒楣而已。」

「既然這樣，那之前你為什麼又要重現圖柏斯和賽爾雅緹之間的戰爭？！」

「那倒不是我故意的。」蒲賽里德事不關己的聳了聳肩，紫色的雙瞳在黑夜裡折射出如野獸般冰冷的光。「現在實話告訴你也無妨，我的目的只是想摧毀這座鐘塔，救出維朵爾而已，只不過它原本就是用來壓制當時島上巫師們的黑魔法的，要破開鐘樓的封印並不容易，必須以足夠的力量注入塔內，使其重新運作才能毀掉它。」

緊接著，他又裝作不悅的抿起了脣：「其實這件事本該在幾年前就做了，誰知那時由於能量不足，導致現實與幾百年前的時空重疊，所以才會出現那場戰爭——不過，不是還挺精彩的嗎？」

他勾起唇角輕輕的笑了開來：「要不然你以為我為什麼要等待這麼多年？你以為我到處收集ESP增幅器的原因是什麼？這個島嶼的崩塌，只不過是因為它承受不起這麼多的能量罷了。」

「為了救出公主，你就這麼不惜一切嗎……」蘭薩特咬緊了牙關。「再怎麼說，這裡曾經也是你所擁有的國土，你就連一點留戀都沒有嗎？！」

立在兩人中間的「夏憐歌」回頭看了看蘭薩特悲傷又惱怒的表情，又望了一眼蒲賽里德，眼神中的歡悅漸漸被擔憂所取代，無所適從的垂下了眉眼。

「哈！你說留戀？」彷彿聽到什麼可笑至極的事情一般，蒲賽里德幾乎都要笑出淚來，放蕩不羈的神色卻早已蕩然無存。「我要留戀什麼？留戀那個為了王位而要將我送入地獄的女人？留戀那些將所有過錯推給維朵爾的愚蠢臣民？我們的自由和感情全部葬送在這群蠢貨手上，這種地方，到底有什麼值得我留戀——」

尾音驟然被一陣劈啪作響的電擊聲截斷，「夏憐歌」心口處泛開了一陣強烈的白光。白光越聚越大，周圍運作的機件頓時像被什麼東西卡住了一般開始緩緩減速，震在耳畔的鐘聲有如被撕裂開了一般，彷彿瀕死旅人掙扎的悲慘呻吟。

蒲賽里德後退幾步，有些驚詫的看著眼前一臉不明所以的「夏憐歌」。

「那是招夜的……吊墜？」

原本一直安靜待在他身後的圖斯，伸手想要碰觸那些似乎下一秒就會停止下來的機械零件，卻被一絲突然躍起的火花彈回了手。他不敢置信的看向天窗之外那片沉沉的夜幕，說道：「奇怪……注入鐘樓裡的ESP能量被另一股力量干擾到了，要是樓外的鐘錶開始逆轉的話，破除封印的儀式就會停下來的。」

「什麼？」蒲賽里德蹙著眉「嘖」了一聲，又看了看「夏憐歌」臉上痛苦的表情，輕聲說著：「維朵爾……」

蒲賽里德踏出腳步正要觸到「夏憐歌」的手，誰知蘭薩特卻先他一步衝到「夏憐歌」身邊，飛快的奪下她胸前的吊墜，往那一排嵌在牆上的窗臺跑過去。

「等等，彼方你想幹什麼？！」看到他將那團越加耀眼的白光捧在手心裡，抬起腿就朝窗臺外攀過去，圖斯立刻清楚了他的意圖，邁開步伐就要趕到蘭薩特身邊。「強行逆轉秒針會被能量反蝕的，你想死嗎！彼方！住手！」

原本想到「夏憐歌」身邊去的蒲賽里德急忙拉住圖斯的手。「別過去，圖斯！靠太近的話你也會被能量侵蝕的！」

圖斯卻顧不得其他，甩開了蒲賽里德的手衝上去扯住蘭薩特的衣袖，大喊：「你發什麼神經啊！彼方！」

「我不想失去他們。」蘭薩特垂下了腦袋，髮絲如同溫潤如水的月色一般流瀉過肩胛，那一瞬間，有太多複雜的神色在他眼底一閃而過。蘭薩特衝他大喊出聲：「無論是夏

憐歌還是這個島嶼，我全都不想失去！」

圖斯滯了那麼一剎那，抓緊他的手臂狠狠皺起了眉頭怒道：「你這個混蛋！」

他一用力將蘭薩特拉了回來，伸手搶去他手心的吊墜，一縱身躍出窗臺，抓著鐘樓外牆上的浮雕，往上方那個巨大的鐘錶攀了過去。

「等等！圖斯！」蒲賽里德衝上去想要阻止他，但卻已經來不及。

蘭薩特呆了好一會兒才反應過來，按住窗沿探出頭去朝他大喊：「朔月！朔月！」

他不死心似的咬了咬牙後，又放開聲音問道：「其實……其實你就是十秋朔月對吧？如果你跟蒲賽里德一樣是六百年前的人，那你身上的時間肯定也被EPS封住了，這樣的話，我們一起長大的這段時光又是怎麼回事？」

圖斯的動作停了下來，他抬起頭望著那個巨大又古老的鐘錶。數百年的時光已沖毀了它曾經的華麗與輝煌。

他輕聲笑了起來：「抱歉，蘭薩特閣下，我不是十秋朔月。」

少年的左眼可以看見現實，右眼可以窺視過去。

那一剎那，他右眼中的風景彷彿倒帶的影片一般開始迅速逆流，視網膜上四季回轉，人影幢幢，少年們透著銳氣的臉龐瞬間化為了稚氣的童顏，他看見自己與蘭薩特第一次見面時的場景。

寂靜的午後與淺灘，不說話的孩子，以及虔誠遞上的菖蒲花。

「為了不讓人生疑，在成為十秋家的儲君之後，我就拜託哥哥解開了我身上的ESP，從那時起，我就像個正常人一樣重新開始生長了。」

那時的他們各自有著不為人知的過去與傷痕，像隻小兔子一樣的蘭薩特小心翼翼的問道：「你會一直陪在我身邊嗎？」

而他是怎麼回答的呢？

——嗯，沒問題。

然後整個世界就都活過來了。

圖斯攀上鐘錶，踩在從外牆凸出來的牆沿之上，低頭看著手中那枚泛著白光的小雞吊墜。滾燙的墜飾在他掌心裡灼出一道淺淺的疤。

有些時候他總是不知道自己究竟在想些什麼。

他忽然想起那隻有著利爪與尖牙的黑狼。那時的蘭薩特像一隻不自量力的小野貓，為了他險些葬送在狼腹之中，一地鮮血如冶豔的玫瑰，開得奪目又燦爛。

他沒有告訴蘭薩特，其實那隻狼到現在還活著，像一個狡猾又可惡的幽靈，一直悄悄的潛藏在他身體深處。每當他的雙手又一次染上無法洗褪的罪孽，那隻狼就發出低低的怒吼朝他邁進一步。

而現在，他彷彿看見那凶猛的野獸正愉快的咧開了長滿獠牙的血口，毫不猶豫的朝他

奔跑而來。

——是了，那欠你的一條命，我也該還了。

「七年以來的信任嗎……」圖斯揚起嘴角，伸手握住了順時針轉動的秒針。「原來我守你護你已經七年了……彼方，這是最後一次。」

「你不是說你只有目的，沒有退路嗎……」蘭薩特失了神似的喃喃。

「是的，我沒有退路。」

他握著秒針的手往反方向一轉。

剎那，耳側傳來了接連不斷、震耳欲聾的鐘響聲，彷彿是為誰而鳴起的喪鐘。一道耀眼的白光從鐘錶上迸發而出，往厚重的雲翳刺穿過去。漆黑的夜空瞬間像被銀白色的火焰燃燒起來，光亮猶如白晝。島嶼似乎被炫目的白光淹沒了。

鐘樓內的人全都抬起手掩住雙眸。逐漸停止運轉的機件跟著發出了最終的悲鳴，在最後一聲沙啞而又滄桑的鐘聲響過之後，世界又重新恢復了寂靜。

白亮的光芒也在這墨藍的夜色裡如漸漸化開。月亮從被驅散開的霧裡露出臉來，懸在天幕盡頭，散發出溫涼的光。

圖斯背靠著粗糙破敗的鐘錶，緩緩滑坐在鐘沿上。

他仰首望著眼前這片澄澈得如同被洗滌過一樣的蒼穹，滿天的星光落入眸底深處，在那裡掠起了幾百年的繁華與蒼涼。

少年的右眼可以看到過去，所以他從來都沒有遺忘過任何一件事情。

六百年前的兄長站在鐘樓前歇斯底里的叫喊著戀人的名字，就算被刺骨的鐵鏈縛在鳥籠之中，他也從來不曾露出如此狼狽的表情。然而公主早已被致命的毒酒奪去了性命，他撕心裂肺的呼喚被掩埋在冰冷又絕望的三千米黃土之下，無人回應。

那時的蒲賽里德眼裡浸入了如蛇一般充滿了怨恨的冷毒，在深夜裡閃爍著令人不寒而慄的光。

圖斯閉上了眼睛，所有的影像瞬間熄滅了，他只看見一片深不見底的黑暗。

「……我一直都以為，只要幫你把維朵爾公主救出來，你也能從那禁錮你六百年的仇恨裡得救。」

「可是後來又覺得，越是這樣，似乎越是將你推進更深更可怕的仇恨裡。」

他輕輕的嘆了一聲，尾音在夜風裡迅速的化開了。

「I will come to save you.」

圖斯朝夜空伸出了手，又忽地反手一握，好像要捉住什麼東西一般。

星屑從逐漸透明的指尖開始散開，他最後一次睜開雙眸，綠色的右眼碧如寶石。

「抱歉，我食言了。」

漫天繁星之下，停止了走動的巨大鐘錶上空空蕩蕩。

◇◇◇

東方的天空泛開了淺淺的青白色，緩緩亮起的光線讓大地開始甦醒過來。蒲賽里德沉默的佇立在窗臺旁，半邊身子被裹在越發耀眼的暖光裡，什麼話也沒有說。

依附在夏憐歌身上的維朵爾安靜的走上前去，伸長了雙手從身後抱住他。

她將臉靠在蒲賽里德那寬厚如山的背上，幸福的勾起了嘴角說：「剛才聽你說，這女孩會把身體讓給我的時候，我好高興呢！那時我想，有人肯把身體借給我的話，我就能再次擁抱你了。像這樣子，輕柔而又小心翼翼的，抱住你。」

蒲賽里德笑了起來。他覆住少女纖細的手，有鹹澀的液體緩緩劃過脣邊。「妳一開始就以為，我找了夏憐歌的身體給妳，只是為了讓我們最後再這麼擁抱一次嗎？」

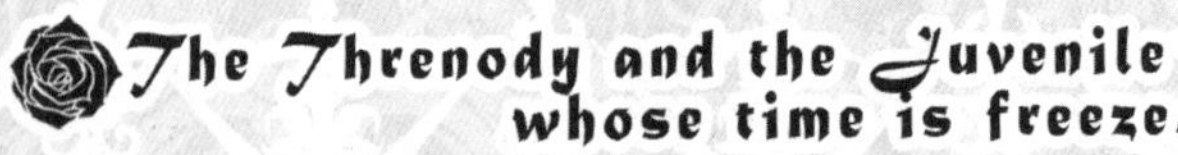

「難道不是這個樣子的嗎？」少女像貓一樣的蹭了蹭他的後背。「因為無論過了多少年，你永遠都是我最溫柔、最善良的蒲賽里德殿下啊。」

說著，維朵爾倏地從夏憐歌的身上脫離開來，失去了意識的夏憐歌頃刻往後倒了過去，蘭薩特急忙跑過去將她抱住。

飄浮在空中的公主移到了蒲賽里德面前，她將雙手背在身後，俏皮的瞇起了雙眼說著：「雖然我也不捨得那是最後一個擁抱，但是也已經沒辦法了啊……」

話音剛落，維朵爾若隱若現的身體彷彿就要這樣子淡在空氣中一般，發出微光的雪屑在她身上飄散開來。

「等等！維朵爾，為什麼會這樣！」蒲賽里德驚詫的看著維朵爾那陽光般的笑顏，伸出手想去挽留什麼，握住的掌心裡卻只剩下虛無。

他愣了一下：「難道這也是ESP能量的影響嗎……」

「請不要傷心，我的王子。」維朵爾靠了過來，伸出逐漸透明的雙手捧住蒲賽里德的臉頰，額頭抵著他的額頭。「我本該在六百年前就已經死去，現在能夠這樣子再見你一面，我已經心滿意足了。」

她的眼裡滲出了晶瑩的淚花：「這是上天給我的最好的恩賜。」

天光大亮。

飄蕩著雪屑的晨風中，蒲賽里德獨立。

蘭薩特抱著昏迷不醒夏憐歌半跪在地上，看著蒲賽里德一人逆光站在蕭瑟的冷風裡，心裡不知為何也冒出了一陣異樣的酸澀感。

他輕輕的喊出聲：「蒲賽里德……？」

那邊的蒲賽里德轉過身，好像什麼事情都沒發生過一般，剛才的一切只不過是一場漫

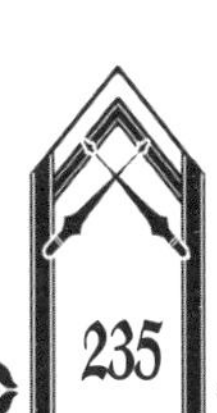

長而又悲傷的夢，他的臉上又掛著那種熟悉的桀驁不馴的笑容：「真是抱歉啦，蘭薩特閣下，給你添了這麼多麻煩。」

雖然這麼說，但是話裡卻沒有一點愧疚的意思。

蒲賽里德環視了四周，伸手摸了摸牆壁上厚厚的灰塵，然後說：「這地方，大概也不再是我的容身之所了吧。」

他驕傲的笑了笑，舉起手靠近額角做了個「再見」的動作。

「那麼，後會有期，閣下。」

「等等！蒲賽……！」

蘭薩特的話還沒說完，對方就跳出窗臺縱身一躍，像隻即將衝破雲霄的獵鷹，再也尋不見了。

◇　◇　◇

島上學院的修復工作正在緊張而又急促的進行著。

在那之後島嶼沒有再發生過地震或者塌陷的事故，蘭薩特並沒有把真相說出來，只是隨便向理事會糊弄了一句「大概是最近板塊運動太過強烈的緣故」。而理事會正為重建修復這項大工程忙得焦頭爛額，似乎目前並沒有想要追究下去的意思。

而沒再出現過的蒲賽里德和十秋朔月，理事會也只能當成了失蹤來處理。這對十秋家又是一個重大的打擊，看著十秋夫人那悲痛欲絕的模樣，蘭薩特也不忍心告訴她真相了。

就讓這些事情成為他心中永久的秘密吧。

之後他也曾一個人去鐘樓之下找尋過，但是並沒有找到蒲賽里德的屍體，他潛意識裡總覺得這傢伙肯定還活著，但是他現在去了哪？還會不會回來呢？這就不得而知了。

剩下最後一個麻煩就是黑騎士聯盟了。雖然已經失去了主人，但是這個組織裡肯定還有其他成員，蘭薩特決定在學生返校之後就將這些餘黨一個一個揪出來，要不然若是被他們捲土重來，估計又會成為一個難搞的不穩定因素。

不過這些都是學院重建完成之後的事了，大概還會再等上好一段時間。

蘭薩特靠在潔白的欄杆上吹著海風，發出高昂鳴叫的海鷗從海面上一躍而起，揚起翅膀往更高更遠的天空翔馳而去。

「欸欸——」夏憐歌一臉好奇的湊了過來。「你是說，在我被維朵爾公主附體的時候，掛在胸前的小雞吊墜突然發出很亮的白光?那不就跟當初哥哥送給我的六芒星項鍊一樣嗎？」

「是啊。」蘭薩特有些好笑的看了她一眼，又把目光轉移到平靜的海面上。「那個吊墜曾是夏招夜最為重視的東西，或許他在不知不覺之中就為它賦予了強烈的情感，而後來妳又再為它傾入了妳對哥哥深刻而又濃烈的全部思念……所以它才能干擾到鐘樓裡的那個ESP磁場吧。」

「聽起來好像救世的英雄一樣哦。」夏憐歌將下巴抵在手臂上，臉上又驀然露出了哀傷的神色。「不過那是我唯一留下的關於哥哥的東西，就這樣子不見了……」

「誰說的啊？」蘭薩特使勁的揉了揉她的頭髮，「妳不是已經繼承了妳哥哥的ESP了嗎？真是的，我還以為妳是個一無是處的傢伙呢，原來只不過是因為身體內的ESP能力沒得到開發而已啊。」

夏憐歌惱怒的拍開他的手，一臉驕傲的仰起了頭斜睨他。「是啦，我之前就是一無是處，要怎樣？」

「是是是，我錯了，大小姐。」蘭薩特噗嗤一聲笑了，比了個求饒的姿勢。「說起來

殿騎士聯盟管理者這一位置還空缺著呢，妳有沒有興趣啊？」

「我才不要！肯定會忙死！」夏憐歌撇撇嘴，走了開去拿起擺在桌上的果汁喝著。

「妳還真當真啦？」蘭薩特故意擺出為難的神色。「我說著玩的呢，要是妳真想當的話我才為難，就妳這腦容量……」

「你到底想怎樣啊蘭薩特！」夏憐歌幾乎被果汁嗆到，瞪大了眼睛恨不得把手上的杯子直接朝他擲了過去。

看著她這般生龍活虎的模樣，蘭薩特不禁放柔了眼神問道：「……妳的身體已經沒事了吧？」

愣了好一會兒才反應過來他在說什麼，夏憐歌跟著安靜下來，輕輕的點頭：「嗯……可能因為公主消失了，所以她殘留在我身體裡的『記憶』也跟著不見了吧……」

說著，她又抬起頭望著湛藍似海的天空。「不過呢……有時候會夢見她跟蒲賽里德兩人站在一望無際的麥田裡，臉上是非常幸福的表情呢。」

蘭薩特坐了下來，用手托住臉頰，似笑非笑的看著她。

被她異樣的目光盯得渾身發怵，夏憐歌急忙打著哈哈轉開了話題：「話說這船究竟要開什麼地方啊……都坐了好久了。」

「咦？妳不知道嗎？」蘭薩特誇張的做出一個特別驚訝的表情。「當然是去我家啊！」

夏憐歌的身子一抖，問道：「去你家幹嘛……」

「我們都發展到什麼關係了，而且我媽媽也很想再見妳一面呢——雖然她不會承認就是了。」蘭薩特笑得一臉無辜的靠過去。

「才沒有什麼關係！你別用這種曖昧的口氣說啊！」夏憐歌的雙頰一紅，別過臉像隻被踩到尾巴的貓一樣跳了起來。「我抗議！我要回去！立刻回去！」

「抗議也沒用。」蘭薩特懶懶的打了個哈欠，「要不然妳就游回去吧。」

「蘭薩特你這——混蛋——」

夏憐歌悲慘的尖叫聲逐漸被低沉婉轉的海浪聲淹了下去。

蘭薩特捂捂耳朵，故意裝作看不見她氣急敗壞的樣子，嘴角卻無法抑制的揚了起來。

只屬於他們兩人的生活，現在才正要開始呢。

《少女騎士の戀人與回憶未滿．哀歌與時間停止的少年》完少女騎士系列全套五集完結——

《少女騎士の薔薇殿下》

《少女騎士の華爾滋圓舞曲》

《少女騎士の圖柏島夜未眠》

《少女騎士の深海人魚輓歌》

《少女騎士の戀人與回憶未滿》

全國書店、租書店、網路書店持續熱賣中！

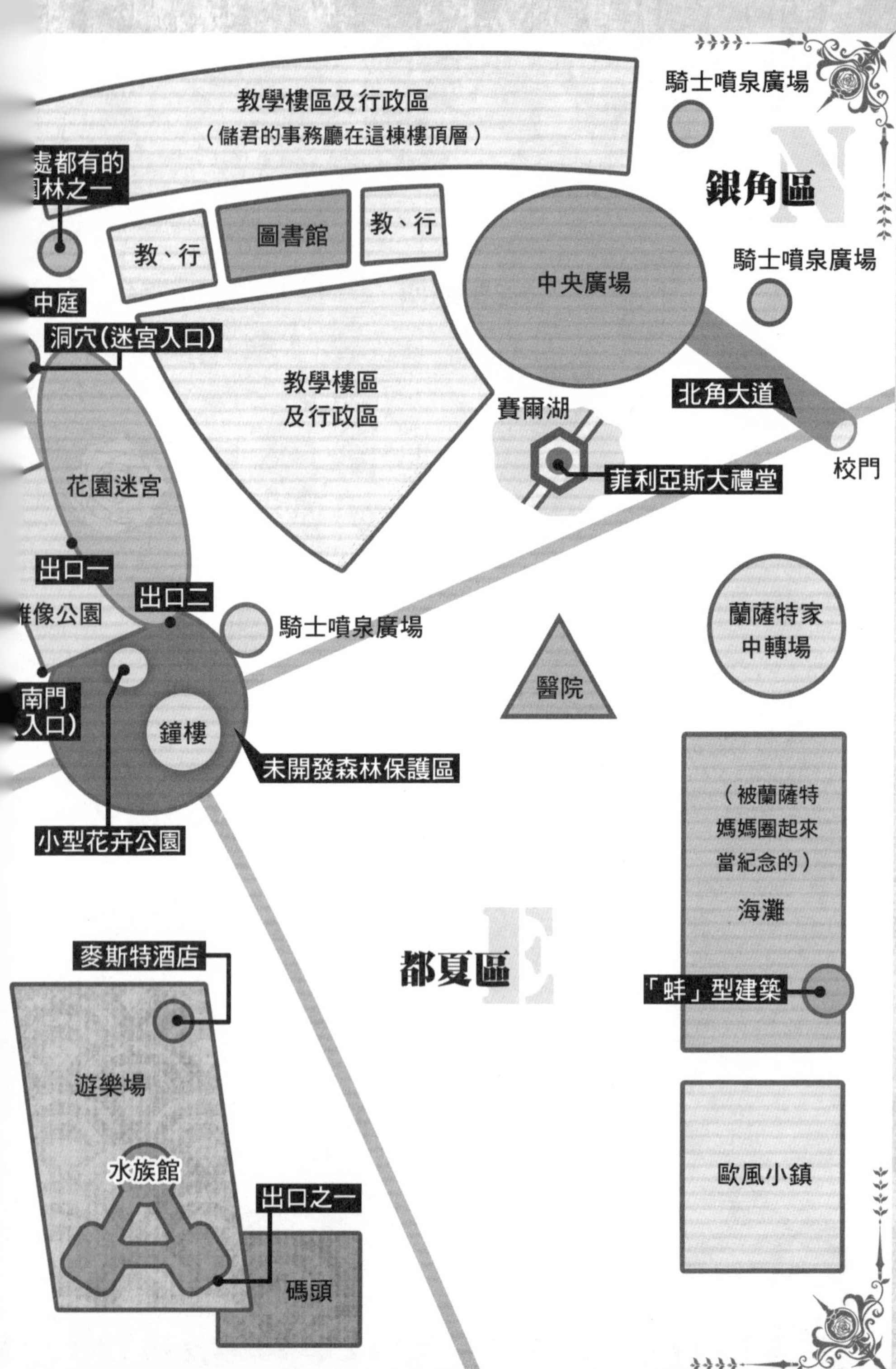

教學樓區及行政區
（儲君的事務廳在這棟樓頂層）
騎士噴泉廣場
銀角區
處都有的
園林之一
教、行
圖書館
教、行
中央廣場
騎士噴泉廣場
中庭
洞穴（迷宮入口）
教學樓區
及行政區
北角大道
賽爾湖
校門
菲利亞斯大禮堂
花園迷宮
出口一
出口二
雕像公園
騎士噴泉廣場
蘭薩特家
中轉場
醫院
南門
入口）
鐘樓
未開發森林保護區
小型花卉公園
（被蘭薩特
媽媽圈起來
當紀念的）
海灘
麥斯特酒店
都夏區
「蚌」型建築
遊樂場
水族館
出口之一
歐風小鎮
碼頭

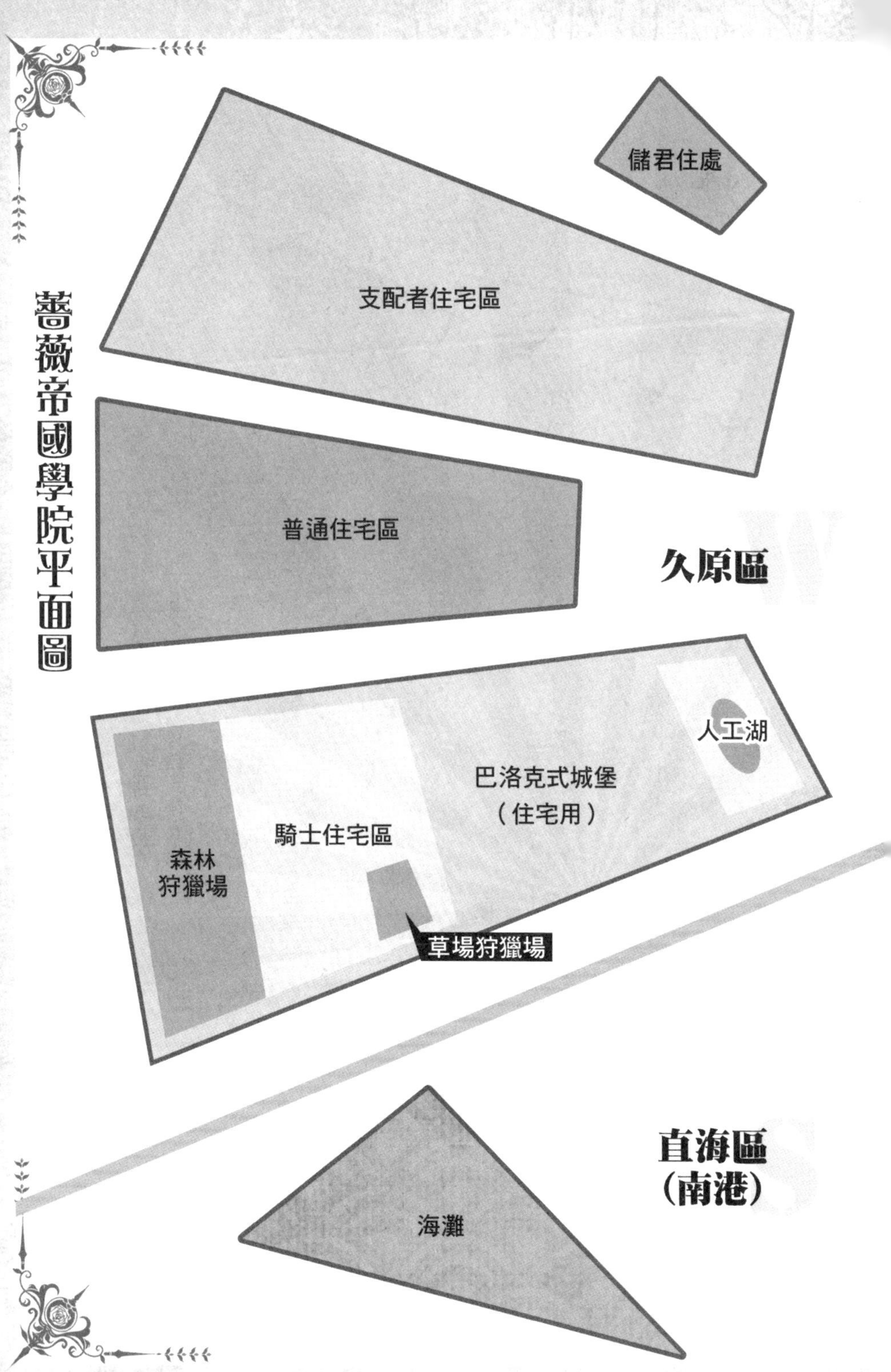
薔薇帝國學院平面圖
儲君住處
支配者住宅區
普通住宅區
久原區
人工湖
巴洛克式城堡
（住宅用）
騎士住宅區
森林
狩獵場
草場狩獵場
直海區
（南港）
海灘

圖柏島平面圖

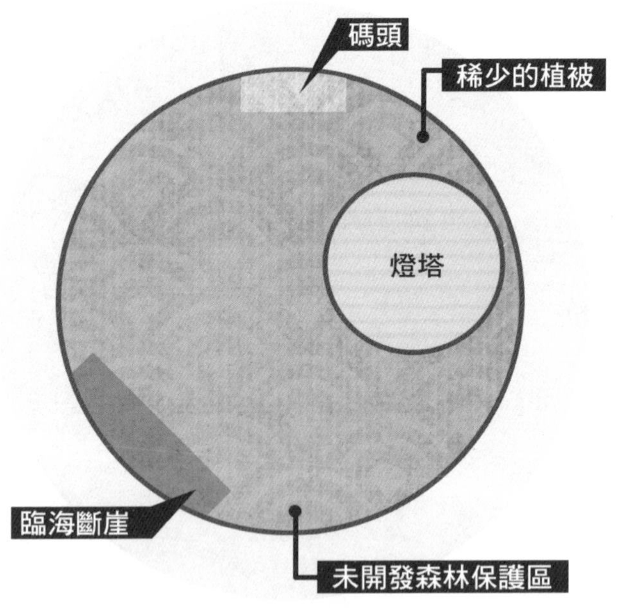

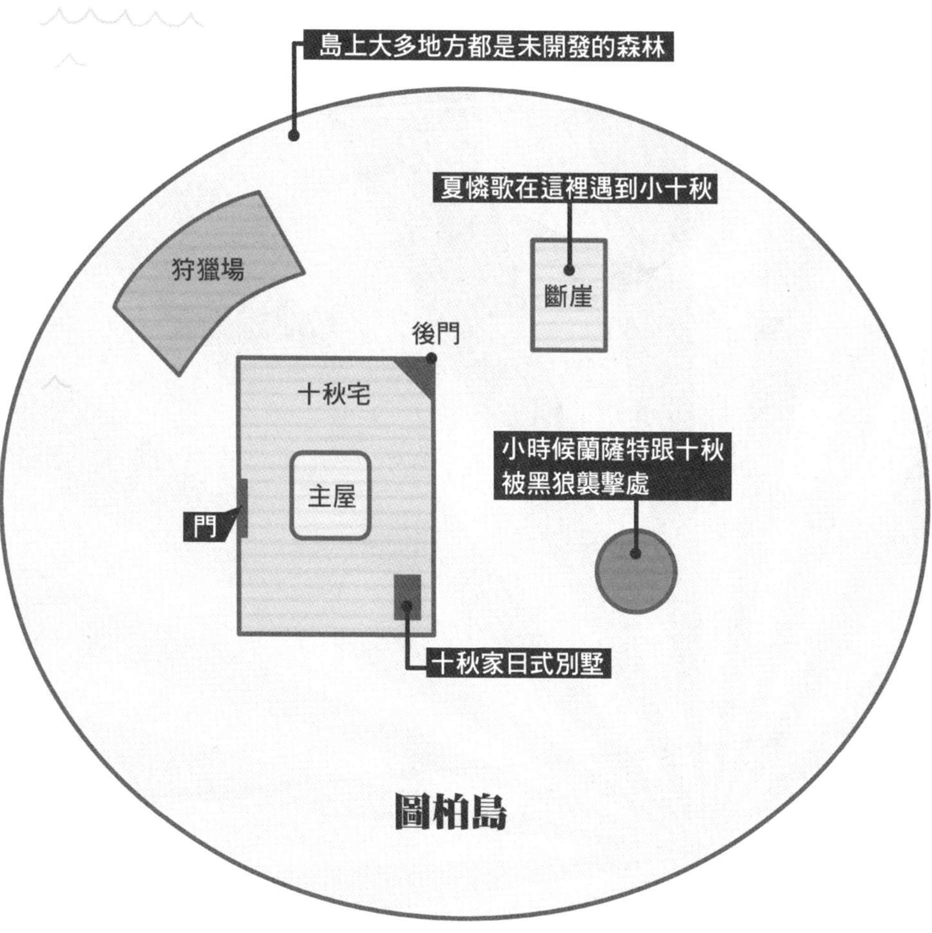
島上大多地方都是未開發的森林
夏憐歌在這裡遇到小十秋
狩獵場
斷崖
後門
十秋宅
小時候蘭薩特跟十秋
被黑狼襲擊處
主屋
門
十秋家日式別墅
圖柏島

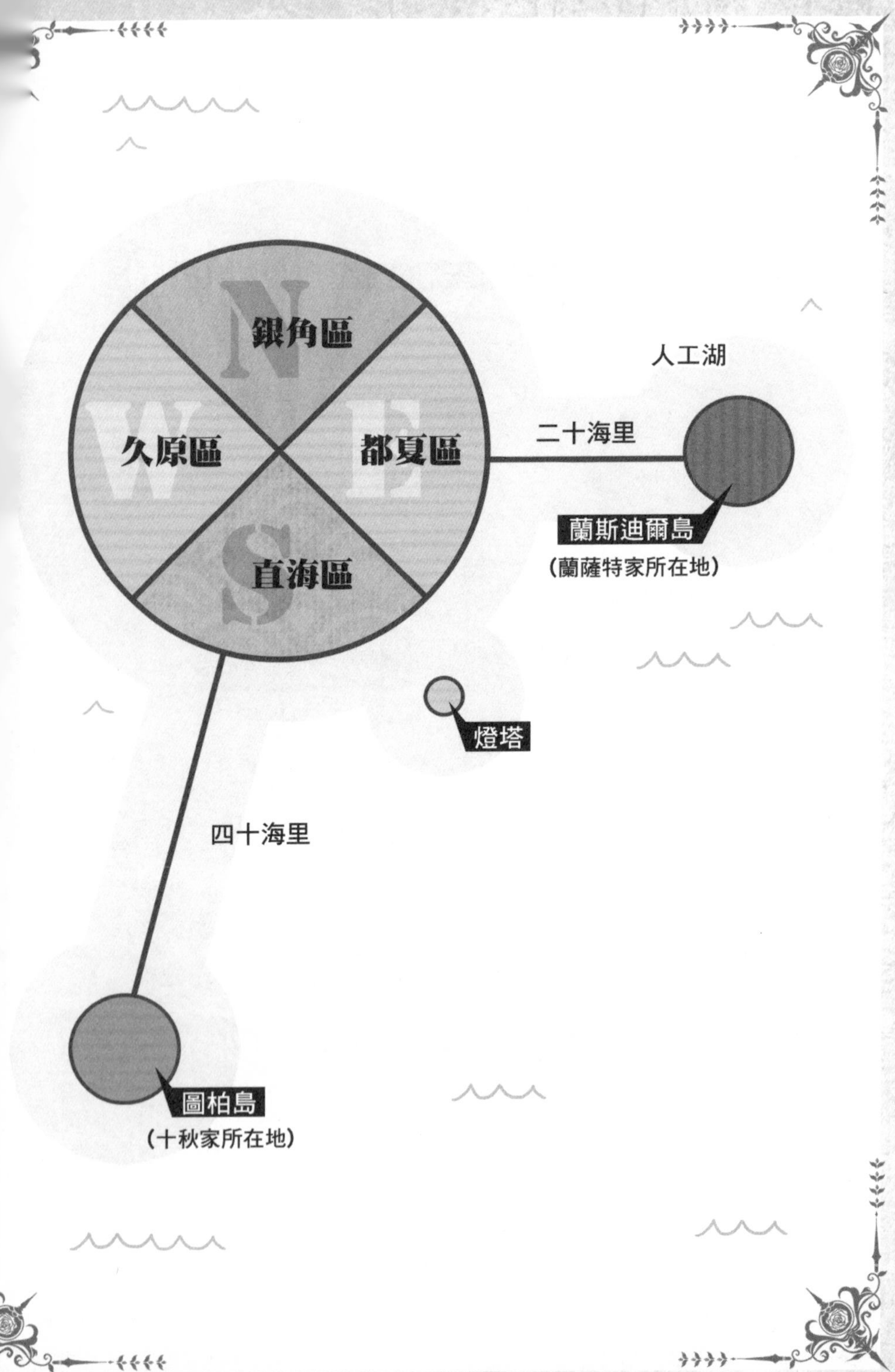
銀角區
久原區
都夏區
直海區
人工湖
二十海里
蘭斯迪爾島
(蘭薩特家所在地)
燈塔
四十海里
圖柏島
(十秋家所在地)

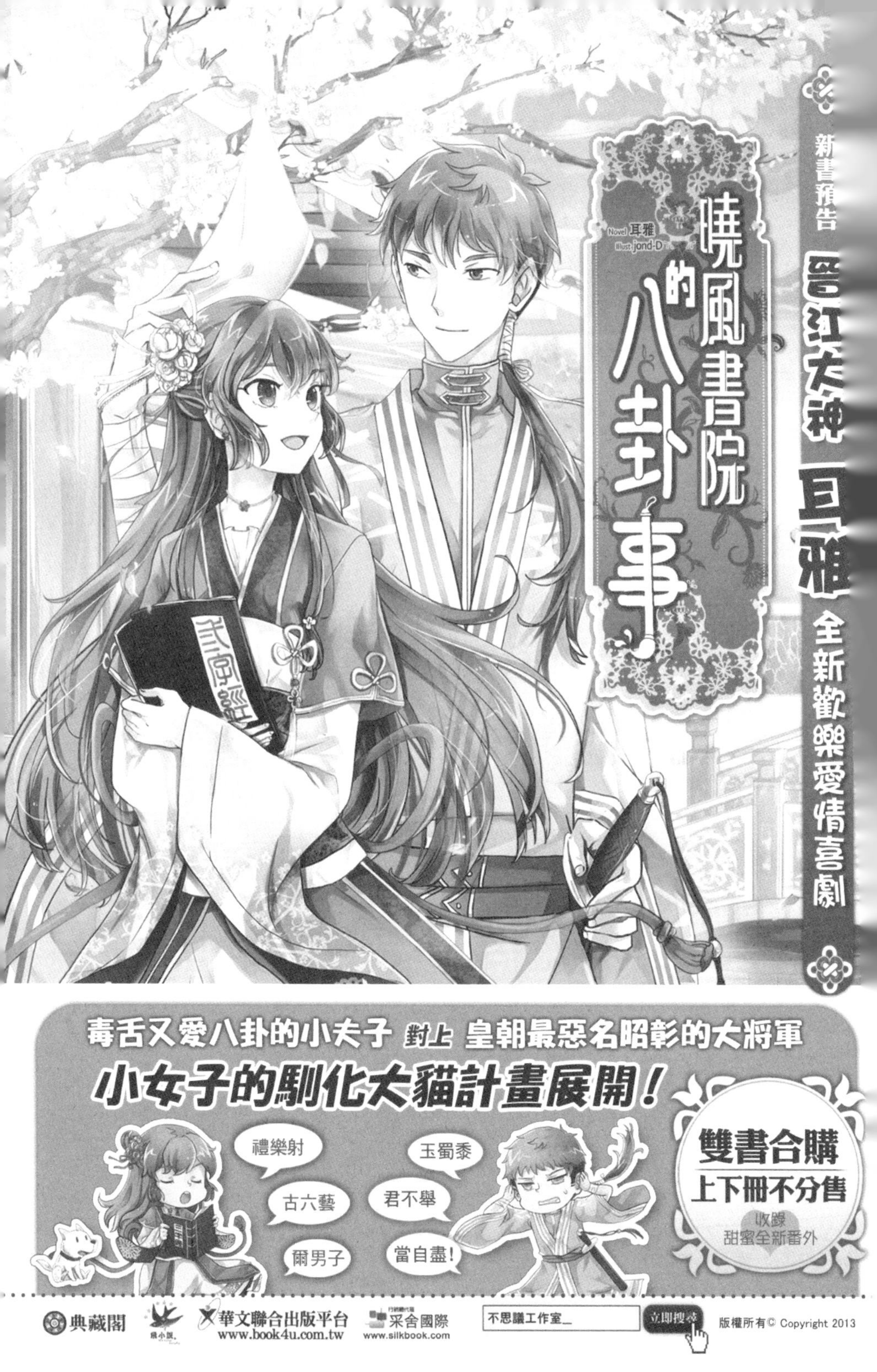

新書預告
晉江大神 耳雅 全新歡樂愛情喜劇
曉風書院的八卦事
Novel 耳雅
Illust jond-D
毒舌又愛八卦的小夫子 對上 皇朝最惡名昭彰的大將軍
小女子的馴化大貓計畫展開！
禮樂射
古六藝
爾男子
玉蜀黍
君不舉
當自盡！
雙書合購
上下冊不分售
收錄
甜蜜全新番外
典藏閣
華文聯合出版平台
www.book4u.com.tw
采舍國際
www.silkbook.com
不思議工作室
立即搜尋
版權所有© Copyright 2013

吐槽系作者 佐維＋知名插畫家 Riv

正港A臺灣民間魔法師故事

《現代魔法師》驚爆登場！

活動辦法

凡在安利美特animate購買
《現代魔法師》全套八集，
在2014年6月10日前（以郵戳為憑）
寄回【全套八集】的書後回函，
以及附上安利美特購書發票影本、
或是於回函上加蓋安利美特店章，
就能獲得知名插畫家Riv繪製的
「現代魔法師超萌毛巾」一條，
準備與泳裝萌妹子一起清涼一夏吧！

備註：
1.可以等收集完八集的回函與發票或店章後，
再於2014年6月10日前寄回。
2.主辦單位有權更改活動規則。

飛小說系列077

少女騎士05（完）

少女騎士の戀人與回憶未滿

出版者■典藏閣
作　者■夏澤川　繪　者■MO子
總編輯■歐綾纖
製作團隊■不思議工作室　代理出版社■廣東夢之星文化
郵撥帳號■50017206 采舍國際有限公司（郵撥購買，請另付一成郵資）
台灣出版中心■新北市中和區中山路2段366巷10號10樓
電　話■(02)2248-7896　傳　真■(02)2248-7758
物流中心■新北市中和區中山路2段366巷10號3樓
電　話■(02)8245-8786　傳　真■(02)8245-8718
ISBN■978-986-271-428-7
出版日期■2013年12月

全球華文國際市場總代理／采舍國際
地　址■新北市中和區中山路2段366巷10號3樓
電　話■(02)8245-8786　傳　真■(02)8245-8718

新絲路網路書店
地　址■新北市中和區中山路2段366巷10號10樓
網　址■www.silkbook.com
電　話■(02)8245-9896
傳　真■(02)8245-8819

☞您在什麼地方購買本書？☜

1. 便利商店(________市／縣)：□7-11　□全家　□萊爾富　□其他____________

2. 網路書店：□新絲路　□博客來　□金石堂　□其他__________

3. 書店(________市／縣)：□金石堂　□誠品　□安利美特animate　□其他______

姓名：_________地址：____

聯絡電話：______________　電子郵箱：__________________________________

您的性別：□男　□女　　您的生日：西元_________年_________月_________日

（請務必填妥基本資料，以利贈品寄送）

您的職業：□上班族　□學生　□服務業　□軍警公教　□資訊業　□娛樂相關產業
　　　　　□自由業　□其他__________

您的學歷：□高中（含高中以下）　□專科、大學　□研究所以上

☞購買前☜

您從何處得知本書：□逛書店　　□網路廣告（網站：____________）　□親友介紹
　（可複選）　　□出版書訊　□銷售人員推薦　□其他________________

本書吸引您的原因：□書名很好　□封面精美　□書腰文字　□封底文字　□欣賞作家
　（可複選）　　□喜歡畫家　□價格合理　□題材有趣　□廣告印象深刻
　　　　　　　　□其他__________________

☞購買後☜

您滿意的部份：□書名　□封面　□故事內容　□版面編排　□價格　□贈品
　（可複選）　□其他

不滿意的部份：□書名　□封面　□故事內容　□版面編排　□價格　□贈品
　（可複選）　□其他

您對本書以及典藏閣的建議____

____

____

✌未來您是否願意收到相關書訊？□是　□否

✎感謝您寶貴的意見✎

印刷品

$3.5
請貼
3.5元
郵票
不思議信箱
FUSIGI POST

235 新北市中和區中山路二段366巷10號10樓

華文網出版集團　收

（典藏閣－不思議工作室）

少女騎士の戀人與回憶未滿

05
END

夏澤川 著

MO子 繪

飛小說。
We Love
Easyfly.